Rikoksia, rangaistuksia ja bebe-leivoksia

Rikoksia, rangaistuksia ja bebe-leivoksia

Sanna Hirvonen

Tuitu Mikkonen

Leena Partanen

Emma Puikkonen

Kirsi Rajapuro

Alpo Tiilikka

Kustantaja:
BoD – Books on Demand, Helsinki, Suomi
Valmistaja:
BoD – Books on Demand, Norderstedt, Saksa

ISBN 978-952-80-4418-5

Sisällys

Eristysselli I

Kirsi Rajapuro

Kaulus hiertää. Kangas on karheaa. Irrotan sitä sormella kaulasta, taas kerran.

Kuulostelen, tuleeko askelia, vihdoin. Ei tule. Ikkunan hämystä ei tiedä, onko aamu vai ilta. Olen kadottanut ajan. En tiedä enää, milloin on yö ja milloin päivä. Montako päivää on istuttu täällä.

Neljä askelta eteen, ympäri, neljä askelta takaisin. Ei sitäkään jaksa kauan, alkaa pyörryttää.

Yksi sormi mahtuu kerrallaan verkkoseinän silmästä ulos. Neljä sormea vierekkäin. Avaimenreikä ovessa on tyhjä. Raskas rauta-avain työntyy siihen vain toiselta puolelta.

Sanko haisee.

Eniten pelkään, että alan haluta pois täältä. Täällä olen turvassa. Ei tule kukaan.

Pois pääsee vain yhdellä tavalla, enkä halua, en vielä. Täytyy vain jaksaa.

Kammottaa, kun ei kuule mitään. Ei tiedä, kuuleeko kukaan, kun hakkaa ristikkoa. Korvissa humisee, ehkä kuvittelen sen. Peitän toisen korvan, sitten toisen. En enää muista, miltä oma ääneni kuulostaa. Yskäisen, mutta kurkusta tulee vain kimeää pihinää. V-o-o-i.

Kukaan ei tule.

Vatsassa kurisee. Se vähä, mitä siellä on, haluaa ulos. Sydän hakkaa väliin hitaasti, huomaamatta, sitten nopeasti. Painan käden rinnalleni, tunnustelen.

Nostan avonaisen käden silmieni eteen. Siinä se on, oma käsi. Tutut viivat kämmenpohjassa, känsät sormenpäissä, minun sormeni. Vasemmasta etusormen päästä puuttuu pala, jälki kirveestä, kun huitaisin klapin ohi. Nostan toisenkin käden ihan silmieni eteen ja vertaan. Tämä minulla vielä on, eivät ottaneet pois tätäkin. Otan oikealla kädellä vasemmasta kiinni ja tervehdin itseäni. Kosketus tuntuu hyvältä.

Ehkä näen unta, ehkä herään kohta. Unissaan voi tuntea mitä vain.

Olenko vielä täällä, vai jossain muualla? Olenko jo poissa?

Eristysselli II

Kirsi Rajapuro

Maria istui eristyssellin laverilla kännykkä kädessä ja tarkisti, tuliko valotus oikein. Ahtaassa tilassa oli vaikea ottaa kunnon kuvia. Selli oli suunnilleen kaksi metriä kertaa kolme metriä. Hän tähtäsi kännykällä selfien, mutta tuloksena oli aavemainen omakuva salamalla.

Miltä tuntui istua täällä päivästä toiseen, yötä ja päivää erottamatta? Ainoa pilkahdus ulkomaailmasta sumuinen, pieni ikkuna katonrajassa, rautaverkon takana. Paksut seinät, jotka peittivät äänet. Sellissä ei ollut värejä, kuin olisi astunut harmaaseen, huonosti kehitettyyn mustavalkokuvaan. Vankien raapimat ja töhrimät seinät ja lattiaan polkema ura ahdistivat.

Isoisä oli ollut täällä, tässä vankilassa, kenties eristyksessäkin. Ehkä hän istui tällä samalla laverilla, katseli kun ikkunan pieni läikkä tummeni yöksi ja vaaleni aamun tullen. Kuunteli omaa hengitystään, sydämenlyöntejään. Laski päiviä, tunteja. Käveli edestakaisin kuin häkkieläin, nuori mies. Maria nousi ja mittasi askeleet, neljä askelta kumpaankin suuntaan. Sitten hän kiersi sormensa ovea ympäröivään verkkoseinään. Sormet mahtuivat juuri verkon silmiin.

Opas oli kertonut, että tärkeä osa eristysrangaistusta oli minimoida ihmiskontaktit. Ruoka tuotiin välikköön, joka oli suljettuna, kunnes luukku avattiin vangin puolelta. Vartija saattoi tarkastella vankia, mutta vanki ei nähnyt ainuttakaan ihmistä. Hiljaisuudessa avainnipun kilinä ja paksun, rautaisen avaimen kiertyminen lukossa varmaan räjäytti tärykalvot.

Miten suuri valta ihmisellä voi olla toiseen! Sulkea toinen eristyksiin kaikesta ja kaikista. Miten ihmisaivot enää toimivat sellaisen jälkeen, entä aistit, kun on kuunnellut hiljaisuutta ja silmät ovat tottuneet vain keinovaloon? Miten jalat oppivat taas kävelemään? Osaako enää itse avata ovea, kun on joutunut odottamaan, että sen avaa aina joku toinen?

Maria asettui makuulle kovalle laverille ja katse kulkeutui katossa olevaan lamppuun. Miksi ihminen aina katsoo kattolamppua sängystä, vaikka sen valo koskee silmiin?

Maria mietti sanaa rangaistus. Saiko se aikaan parannusta tai muutosta vai vain katkeruutta. Muut saivat kostonhalunsa tyydytetyksi. Oikeus tapahtui. Mikä sitten milloinkin oli oikeus, mikä rikos. Se ei ollut niin absoluuttista. Isoisä oli istunut vankilassa poliittisen aatteensa takia.

Jotkut kävelivät täältä vapauteen, toiset teloitusryhmän eteen. Valta vaihtui, rikos haihtui. Vaari sai elää, hänen sukunsa jatkui. Jälkipolville aate oli enää historiallinen kuriositeetti. Tuomio oli kummallinen hairahdus historiankirjoittajien puolelta, vuosikymmeniksi vaiettu. Isä oli kertonut vaarin tuomiosta vasta juuri ennen kuolemaansa. Mitä hän oli pelännyt?

Tässä pelissä oli aina yksi ihminen sellissä, ja toinen ihminen, joka selliä lukittuna piti. Se ei muuttunut.

Ulkoa kuului askelten kopinaa ja miesääniä. Ajatus oven sulkeutumisesta alkoi äkkiä ahdistaa. Maria nousi kovalta laverilta ja astui ulos sellistä käytävään. Tuntui pahalta jättää vaari sinne, epätoivon selliin. Sinne oli joku itsensä hirttänytkin.

Aikahyppäys tuntui fyysisenä, värit ja äänet iskivät päin naamaa. Entisestä vankilasta oli tehty moderni hotelli. Taustalla kuului rauhoittavaa jazzia. Kaksi miestä istui nojatuoleissa Helsingin karttaa katsellen. Ravintolasta olisi voinut tilata cappuccinon tai lasin viiniä ja silmäillä a la carte -listan herkullisia ruokia.

Hän astui kepeästi ylös kellarikerroksen portaita ja avasi oven raittiiseen ilmaan. Kukaan ei pysäyttänyt, portilla ei puhallettu pilliin tai huudettu perään. Ratikka kolisteli juuri pysäkille. Hän astui vaunuun ja haki paikan ikkunan vierestä. Kukaan ei nostanut katsettaan kännykästä, päät nuokkuivat ratikan kaartaessa mutkaan.

Maria oli vapaa kulkemaan. Hänellä ei ollut aatetta.

Maria jätti Nokan muurit taakseen eikä palannut.

Nokka

Tuitu Mikkonen

Muuri 1965

Äiti puristaa kädestä niin tiukasti, että melkein sattuu. Se puskee ylämäkeen kuin veturi ja minä olen puukuorma, painava. Me olemme tulleet kahden kirkon ohi ja pitkiä katuja. Ratikka ohitti meidät monta kertaa ja sitten se meni omaa reittiään.

— Lopeta, tumppus likaantuu, äiti sanoo.

Minä jatkan heti kun se katsoo eteenpäin. Teen oikealla kädellä aaltokuviota tiilien päällä, ylös, alas, ylös, alas, tässä menee pitkä mato. Tai sittenkin kyykäärme. Lapasen vaaleansininen muuttuu harmaaksi, kerta kerralta tummemmaksi. Välillä lapanen tarttuu tiilen rösöpintaan ja siitä kohtaa alkaa törröttää ohuita villalangan säikeitä. Tiileen ei jää mitään jälkeä.

Viimeinen käännös ja olemme portilla. Kuulen kuinka avaimet helisevät jo ennen kuin Gustavssoni saa oven auki. Niitä on iso nippu metallirenkaassa. Gustavssoni tuntee avaimet ulkoa.

Se puhuu aina minullekin. Kysyy, olenko ollut kiltti poika ja totellut äitiä ja iskee silmää päälle. Pihan lammikoiden päällä on ohut jää. Ehdin rikkoa yhden ja kuravettä roiskahtaa housun lahkeelle. Äiti nykäisee kädestä. Pysähtyä ei saa.

Sisällä tarkastetaan äidin kassi ja taskut ja minutkin. Eväspaketti ojennetaan takaisin äidille, kun se sanoo voileipien olevan minulle. Isälle tuodun ranskanleivän vartija vie isolle työpöydälle ja leikkaa viipaleiksi. Mitään ei löydy. Leipä paketoidaan takaisin valkoiseen paperiin. Isä saa sen meidän käynnin jälkeen.

Gustavssoni juttelee äidille pidempään kuin yleensä. Silläkin on lapsi, tyttö, muttei rouvaa, äiti on kerto- nut. Se on tuonut kotoaan lapsensa vanhat monot ja kumisaappaat ja kysyy, huolinko minä ne. Ne ei mahdu sen lapselle enää, se on jo kolmannella luokalla. Äiti niiaa ja kiittää. Minä en olisi niitä keltaisia saap- paita ottanut, tyttöjen väri, mutta monot on hienot. Mustat ja nahkaremmi nilkassa. Niitä varten pitää saada uudet sukset.

Isä odottaa jo. Jalkani meinaavat lähteä juoksuun, mutta äiti pitää kiinni. Vierassalissa on käveltävä rauhassa omalle paikalle. Äidin tuolin vieressä on pyöreä jakkara, se on tuotu minua varten. Ohitamme monta tätiä, mutta emme muita lapsia.

Isä seuraa katseellaan, kun lähestymme. Se vilkuttaisi, mutta käsien on pysyttävä pöydän päällä koko ajan. Muuten vartijat luulevat, että on pahat mielessä. Minä voin vilkuttaa ja isä hymyilee. Meiltä molemmalta puuttuu etuhammas. Alkaa naurattaa. Tiedän jo mitä isä sanoo ensimmäiseksi.

— Mitä Vellu?

Kerron uusista saappaista ja monoista, kun en arvaa, että isä ei tykkääkään.

— Mun poika ei pamppujen almuja ota.

— Säkö hommaat lapselle kengät, häh? Millä rahalla? äiti sihahtaa, ja siihen loppuu keskustelu kengistä.

Äiti penkoo kassia ja lykkää käteeni eväspaketin. Voipaperi rapisee, enkä kuule mitä aikuiset puhuvat. Isällä on raidalliset vaatteet niin kuin kaikilla muillakin pöydän vastakkaisella puolella istuvilla. Siitä tietää, että ne ovat vankeja.

Paketissa on kaksi ruisleipäviipaletta, jotka pitää syödä ennen pullaa. Leipien välissä on paksulti voita, ei muuta. Nuolen sormet puhtaaksi ja äiti pukkaa minua kylkeen. Se penkoo taas kassia, mutta maitopullo on jäänyt kotiin. Ajattelen sitä nököttämässä tiskipöydällä villasukan sisässä. Pikkukisu haistaa maidon villasukan, lasipullon ja tiukkaan kierretyn korkin läpi. Se kiertää pulloa pari kertaa ja vips vaan, huitaisee pullon lattialle. Pullo menee rikki ja lattialle leviää maitolammikko. Alkaa janottaa.

Isä pyytää vartijan tuomaan minulle vettä, vaikka äiti estelee, voin kuulemma juoda kotona. Kotiin on pitkä matka. Vartija supattaa toisen korvaan ja tämä poistuu käytävään. Kohta se palaa mukanaan peltinen muki. Katson, kuinka vartijan käsi tärisee ja vesi loiskuu mukin laidan yli. Kun se pääsee perille, mukissa on puolet jäljellä. Äiti nyökkää kiitokseksi, mutta vartija mentyä se kieltää minua juomasta.

— Saat vielä tupin, äiti suhisee.

Kysyn, mikä se on, mutta äiti puristaa suunsa viivaksi. Siitä tietää, että vastausta ei tule.

Isä huomaa, että minulla on uusi villapaita. Se on sininen ja ihan samanlainen kuin isän, mutta pienempi. Isä pitää paitaa kalareissuilla, viime keväänäkin, kun oltiin silakkaongella Hakaniemessä, ja kun päästiin enon veneelle.

— Äitis teki? Se on näppärä käsistään.

Isä ei tykkää, kun kuulee mistä langat saatiin. Sain auttaa äitiä langan kerimisessä ja kisua piti paimentaa koko ajan. Oli kiva katsoa, kuinka isän villapaidan helma lyheni ja muuttui silmukka kerrallaan säkkäräiseksi langaksi. Solmuja tuli koko ajan, mutta äiti osasi avata ne tosta vaan, eikä se hermostunut yhtään. Parasta tässä paidassa on isän haju, joka ei lähtenyt pois pesussakaan.

— Ens kesänä me ollaan taas kalassa, uskotko Vellu.

Se ei kuulostanut kysymykseltä. Sanon niin kuin ukki ja mummi sanovat.

— Se näkee, ken elää.

Nauramme kaikki kolme, jokainen eri tavalla. Minä nauran kovimmin, mutta ei tunnu iloiselta.

Lopun aikaa olemme hiljaa ja katselemme, kuinka kärpänen kävelee pitkin pöytää. Se etenee nykien lähemmäksi ja hypähtää isän kädelle. Vartija ei huomaa, kun isä huitaisee sen pois.

Vierailuaika päättyy ja kysyn äidiltä, voidaanko mennä ratikalla. Kysyn joka kerta ja äiti sanoo, että älä kärtä.

Portilla pitää odottaa, että Gustavssoni päästää meidät pois.

— Mitäs jos jäisittekin tänne, se sanoo ja iskee silmää minulle.

Mutta me lähdemme kävelemään, minä äidin oikealla puolella. Käteni ei yletä muuriin.

Vettä ja leipää 2019

Vankilahotelli, hotellivankila. Sellistä on tehty mukava huone, ei se vika siinä ollut. En vaan saa nukuttua. Univelkaa on kertynyt monta viikkoa, eikä eilinen parantanut asiaa. Päinvastoin. Humalahorrosta, jatkuvaa säpsähtelyä hikisenä ja lakanat jalkojen ympäri hirttäytyneinä. Toive, että kaikki olisi pahaa unta, mutta ei ole. Kolme viikkoa, melkein neljä. Heli jätti.

— Lisää kahvia?

— Juu, kiitos, tuokaa vaan. En minä koskaan aamulla muuta.

Näen kyllä, miten aamiaistarjoilijat katsovat. Juoppo myyntimies, niin ne ajattelevat. Nauravat sitten tupakkapaikalla.

Hyvä kun nousin, ehdin takaisin omaan huoneeseen ennen kuin Tossavainen tulee aamupalalle. Kohta se on täällä ja ahtaa pekonia ja munakokkelia ja röyhtii päälle. En jaksaisi nyt sen ummehtunutta löyhkää ja silmäpusseja. Tai onkohan sillä musta silmä?

Täällä on hyvä aamiaistarjoilu, Heli tykkäisi.

En saa alas mitään, mutta vettä on juotava nestetasapainon vuoksi.

Sameaa. Samaa, joka on minun suussani ja päässäni. Miten selviän tästä viikosta? Pomo tiesi, etten voi kieltäytyä hommasta. Tiesi millä mallilla asiat on, kun menin itse kertomaan. Talolaina on maksettava, yksin. Paljonko olen valmis tekemään päivärahojen ja provikoiden eteen? Päivät ständillä ja illat asiakkaita kestimässä. Koko viikko Tossavaista. Sen naljailustahan se eilenkin lähti. Se on kuullut jostain, eikä se tajua koskaan lopettaa ajoissa. Onneksi ei ollut enää asiakkaita matkassa. Ei silminnäkijöitä, mutta kättä särkee vieläkin.

Taskussa värisee. Onko viesti Heliltä? Ei, Tossavaiselta. Mitä se haluaa?

Vesi hölskyy mahassa, kahvi saa jää kuppiin. Nappaan mukaan yhden sämpylän, jos vaikka myöhemmin maistuu. Huoneessa sitten Burana.

Vastaanoton luona se tulee.

— Jansson, saatana, mikset oo kertonut, että osaat nekkaa? Tossavainen kailottaa. Ei mustaa silmää.

— Mites käsi?

— Ei mitenkään, vastaan. Yritän ujuttaa käden piiloon pikkutakin taskuun, mutta siellä on sämpylä. Tossavainen on nopeasti tiskin luona ja kiinni ranteessani.

— Annas mä katon, se sanoo ja nyökäyttää lukulasit kiiltävältä otsaltaan nenän varteen.

Se kääntelee kättäni ja painelee kipeästi rystysiä ruhjeista ja mustelmasta välittämättä.

— Joo-o, pahaa jälkee tulee, kun tiiliseinään iskee.

Vastaanottovirkailijakin kiinnostuu.

— Yrititteko rikkoa muurin paljain käsin? Se ei onnistu. Yrittäjiä on vuosien varrella ollut. Tarvitaanko lääkäriä?

— Ei kiitos.

— Tai jos silmälääkäri. Tällä tampiolla on nimittäin tosi paska sihti. Muuten mulla ois nenä poskella, Tossavainen hohottaa ja takoo olkapäähän. Sekin on mennä sijoiltaan. — Mites aiot selvitä messupäivästä yhdellä kädellä?

Pyyhin sylkipisaroita kasvoilta, mieleen ei tule mitään sanottavaa. Suuta kuivaa, eikä Tossavainen sitä paitsi kuulisikaan, sillä se jatkaa jo kohti alakertaa ja aamiaissalia. Se hoilaa Eye of The Tigeria ja tekee ilmaan lyöntisarjaa. Japanilaiset vieraat väistävät kumarrellen. Nuo olivat eilen firman ständillä ja tänään piti jatkaa bisneksen tekoa. En kehtaa katsoa. Varmaan joku niistä tunnistaa ja ottaa valokuvan.

Virkailija katsoo Tossavaisen perään pitkään, ehkä ihailevasti. Ei, tuumivasti ennemmin. Tossavaisen mentyä hän kääntyy puoleeni ja nielaisee kahdesti ennen kuin saa ääntä tulemaan:

— Oletteko te huoneesta 205? Näppäimistön rapinaa. — Jansson, BioHazard 2019, messupaketti?

Nyökkään. Miehen kaulalle on ilmestynyt punaisia laikkuja.

— Nyt on niin ikävästi, että sillä käytävällä sijaitsevat huoneet pitää tyhjentää äkillisen korjaustarpeen vuoksi.

— Mitä? Messut jatkuvat vielä kolme päivää. Mikä korjaustarve? Luteita?

— Ei toki luteita. Vesivahinko. Putket uusittiin peruskorjauksen yhteydessä, mutta kuitenkin. Huone on tyhjennettävä.

Tiedustelen mihin minut on tarkoitus majoittaa, ja se saa virkailijan takeltelemaan.

— Siinäpä se. Uuden huoneen järjestäminen on osoittautunut vaikeaksi. Mahdottomaksi.

Virkailija luettelee liudan pääkaupunkiseudulla meneillään olevia tapahtumia. On messua, urheilukisaa, konferenssia, bisnestä, ja hotellit ovat täynnä.

— Myyntineuvottelijamme on ollut yhteydessä yritykseenne ja saanut luvan majoittaa teidät kolleganne huoneeseen.

— Tossavaisen kanssa samaan huoneeseen?

— Niin yrityksestänne sanottiin. Oliko se tuo äskeinen herra?

— Helvetti.

— Osanottoni. Jos odotatte hetken, niin käyn tiedustelemassa.

Mies poistuu toimistotilaan ja palaa hetken päästä sovittelevasti hymyillen.

— Olosuhteet huomioiden hotellimme tarjoaa teille hyvitykseksi ilmaisen viikonloppumajoituksen. Valitsemananne ajankohtana ja valitsemassanne seurassa.

Päässä lyö tyhjää. Tänne Helin kanssa? Ei, eihän se käy, enää.

— Low season -kautena, kuitenkin. Voinko olla vielä jotenkin avuksenne?

Päähän ja käteen sattuu ja kieli tarttuu kitalakeen. Ei vaihtoehtoja. Firma säästää. Pomo tietää, etten voi lähteä kotiin kesken messujen.

Pyydän kuplavettä. Virkailija lähtee hakemaan baarin puolelta kylmää Perrieriä, ja muurahainen kävelee pitkin vastaanoton mahonkipöytää. Se on viimeinen niitti. Liiskaan sen. Missä käsidesi? Palattuaan respa pyyhkäisee raadon huomaamattomasti lattialle.

Ikkuna 1965

Turhaan kiusaat ittees, kärpänen, hakkaat päätä ruutuun. Ei sellistä tolla tavalla pääse. Etkä sä ulkona pärjäis. Tuo kirkas kaistale ja lämpö, joka ikkunassa tuntuu. Aurinko vedättää meitä. Nämä seinät on kylmät ja siitä tietää, että on talvi.

Lupasin pojalle kalareissun, kun tulee kevät. Viime vuonna oltiin Larussa silakka-aikaan. Parven kohtaan kun osui, niin olis voinut vaikka ämpärillä nostaa. Poika oli innoissaan omasta litkasta ja hopealle kimaltavasta saaliista, hyvä ettei veneestä keikahtanut. Äidistään se puhui koko reissun ajan, kuinka äiti kotona perkaa kalat ja paistaa voissa. Ja hyvällehän ne maistui.

En mä raaskinut sanoa pojalle, että se on jo aikamies, kun seuraavan kerran mennään yhdessä kalaan. Ei se sellaista vielä tajua, vasta kouluun menossa. Siinä iässä yksi vuosikin on ikuisuus. Ja niin se on täälläkin. Aika istuu rinnan päälle, ei liiku eteen, ei taakse, vaikka muurin ulkopuolella se nelistää ikuista helvetinlaukkaa.

Täällä ajan kulun tietää parrasta. Poskissa tuntuu karkea sänki, vaikka aamulla höyläsin. Joka yö saatanallinen rapina, kun sellikavereitten naamat puskee karvaa. Parta on ajettava joka päivä, pamput vahtii, muuten se kasvais sellin täyteen ja luikertais jostain kolosta käytävälle ja lopulta ulos. Muurin yli, vapauteen.

Poikaa mietin. Onko se valehtelemista, jos ei voi pitää mitä lupaa? En pysty pitämään, kun en ole Stadissa. Muut sen päättivät, että Kakolaan, ei mulla ollut puolta sanaa.

Kärpäsiä on Kakolassakin. Kuulitko? Siellä on samat kärpäsenpaskat ikkunassa ja samat näkymät kuin täällä. Sama pala taivasta ilman aikaa. Sama missä sitä tuijottaa. Ja oonko kohta missään, sitäkin vaihtoehtoa oon ajatellut. Poika unohtaa, lapset on sellasia. Tulee muuta ajateltavaa, muita kalareissuja.

Kärpänen, kärpänen. Pää kohta halki, mutta ulos pitää yrittää. Turhaan. Aamulla sun kaverisi kellui mun mukissa. Se oli antanut periksi ja samaa mietin minäkin. Kiikkua.

Päästän sut kärsimyksestä ja toivon, että joku tekisi saman mulle. Ikkunasta näkyy valo. Siihen ei kannata uskoa.

Ikkuna 2019

Vankilahotelli, hotellivankila. Viimeinen ilta, yritän keskittyä sängynpuoliskollani matkaraporttiin. Tossavainen ähkii kalsarisillaan ylös omalta puoleltaan ja suuntaa kohti kapeaa tuuletusikkunaa. Olisi ollut edes kaksi sänkyä.

— Pakko avata. Ne messukeskuksen pöperöt, ja täällä on helkkarin kuumakin.

— Ikkunaa ei avata. Piste. On hyttysiä. Ja hotellin ilmanvaihto menee sekaisin ikkunoiden availusta. Soita vastaanottoon, ehkä ne voi säätää termostaattia.

Kuvittelen vaaleanharmaat yöperhoset lepattamaan ikkunan toiselle puolelle, ne haluavat kiihkeästi sisään ja kattolampun ympärille. Niiden väräjävät siivet ja karvaiset raajat.

— Vedä ennemmin verhot eteen, lisään.

Tossavainen heittäytyy mielenosoituksellisesti selälleen. Patja tutisee pitkään ja paperit menevät epäjärjestykseen. Ehdotan Tossavaiselle, että se valmistelisi viimeisen messupäivän pitchaukset, sillä olemme jäljessä pomon asettamasta tavoitteesta. Myyntipalkkiot jäävät haaveeksi, samoin loppuvuoden bonukset. Koko kärsimys menee hukkaan, enkä tiedä miten selviän.

— Ootsä sekasin? Mitään hyttysiä tähän aikaan vuodesta. Ja onks firma tosiaan näin kuralla, ettei saa omaa huonetta?

Kerrankin olemme samaa mieltä. Tossavainen hörppää Jallua pullon suusta, irvistää ja rapisuttelee mahansa päällä olevaa sipsipussia. Näen, vaikken haluaisi, kuinka se kaivelee sormellaan poskihampaaseen tarttunutta tahnaa. Oksettaa. Se selaa TV-kanavia, pysäyttää luontodokumenttiin ja katsoo minuun merkitsevästi.

— Onks sulla joku juttu öttiäisiin, fobia saatana?

Tossavainen haistaa jokaisen heikon kohdan ja käyttää niitä hyväkseen. Turha valehdella. Sanon, että inhoan hyönteisiä. Pöpöjä. Kaikkia.

— Friikki, nyt mulle riitti, se sanoo. — Voit jäädä tänne selliin pelkäämään ja vääntämään raporttia, tai lähtee meikän kanssa naisiin. Voit vaikka oppia jotain.

Yritän olla kuulematta.

— Kun sen Helin kanssa ei sujunut, se kääntyy vielä sanomaan kylpyhuoneen ovelta.

Ovi kolahtaa kiinni. Mitä se oli? Veri kohisee ohimosuoniin.

Lorotusta ja viheltelyä, sitten suihku. Pian ovesta pelmahtaa höyrypilvi ja suihkugeelin haju ja niiden keskeltä Tossavainen valkoinen pyyhe lanteillaan.

Puhe on epäselvää, suu on täynnä, mutta tajuan sentään jotain.

— Pöllitsä sämpylän aamupalalta? se kysyy

— Mitä sä äsken sanoit?

— Friikki on varas.

— Sitä ennen, Helistä, tivaan. Ääni lähtee kohoamaan. — Ite dyykkasit ton roskiksesta. Tajuutsä että se kuhisee.

— Älä nyt hermostu, ihan hyvää tää on. Ja siitä Helistä. Kaikkihan sitä on höylänny, koko toimisto.

Heitän sillä mikä on kädessä, läppäri. Tossavainen väistää, pyyhe valahtaa lattialle. Sen valkoinen maha hyllyy naurusta ja vehje väpättää samaan tahtiin. Tossavainen pitää sormiaan supussa ja surisee, matkii kärpästä, sylki ja leivänmurut sinkoilevat sen suusta. Tukehtuisi helvetti tuohon iänikuiseen ivaansa! Se väistelee papereita ja tyynyjä. Tavarat kimpoilevat pitkin huonetta ja hohotus jatkuu. Se ei koskaan osaa lopettaa.

Mustenee. Ponkaisen ylös sängyltä ja huitaisen. Menee ohi, huitaisen uudelleen. Tuskin osui sekään, mutta Tossavainen horjahtaa. Pöydänkulmasta, tai Tossavaisen ohimosta kuuluu kevyt kops ja sitten Tossavainen kaatuu mahalleen tyynyjen päälle. Tulee hiljaista, jos ei ota lukuun sitä punaista väriä, joka leviää tyynyille.

Hetken päästä havahdun siihen hiljaisuuteen. Käteen sattuu. Pitää laittaa käsi kylmän veden alle. Pitää juoda. Sitten selvitän tämän sotkun.

Kylppärissä leijuu edelleen Tossavaisen suihkusaippua. Annan veden valua hyvän hetken, sen pitää olla ihan kylmää. Tekee hyvää huuhdella kasvoja juoksevan veden alla. Tunturipuroissa vesi virtaa jään keskellä, sen sisälläkin. Kahlaan hyisessä vedessä, iho on kananlihalla.

Pari läiskäystä avokämmenellä poskille, nyt keskityt. Kraanan peittää kylmä vesihuuru. Kumarrun hörppäämään. Silloin näen sen. Lavuaarin laidalla. Lähellä. Koko paikka kuhisee.

Vastaanotossa hyssytellään, tietysti, mutta saan sanottua, että koko talo on myrkytettävä. Kysyvät mikä käteen on sattunut. Sanon, ettei se ole tärkeää. Sokeritoukkia. Lupaavat soittaa tuholaistorjuntaan, mutta haluavat nähdä ensin huoneen.

Niin he kävelevät sisään, näkevät huoneen, Tossavaisen, alastoman selän, veren, kaikki. En voi asioille enää mitään. He soittavat, mutta vartijalle ja poliisille.

Minut viedään pois autossa, jossa on kalterit ikkunan edessä. Pistän silmät kiinni, etteivät yöperhoset lepattaisi. Tossavaisen kuva säilyy kuitenkin.

Muuri 1965

Matkalla isän luo tuli vastaan monta valkolakkista ihmistä, serpentiiniä oli muillakin. Sain sinisen ilmapallon. Nyt se poukkoaa tuulessa sinne tänne, mutta ei pääse karkuun, kun myyjä kietoi narun kahdesti ranteen ympärille ja laittoi umpisolmun. On vappu. Isä sanoi, että on duunareitten ja stuidujen juhla, mutta kevät se tulee pankkirosvollekin. Isä sanoi, ettei me nähdä vähään aikaan.

— Pidä huoli mutsistas, Vellu, ja oo isäntä talossa. Mut viedään huomenna Turkuun. Sieltä ei ihan heti takas tullakaan.

Huomasin vettä isän silmissä, mutta olin niin kuin en olisi huomannut. Sillä tavalla auttaa toista parhaiten. Äidillä oli nenäliina ja se pyyhki minun nenäni.

Oli aika lähteä. Ulkona paistoi aurinko ja samaan aikaan tuuli kylmästi. Äiti oli hyvällä mielellä ja lupasi, että mennään kotiin ratikalla. Lupasi, ennen kuin kysyin. Sitten portti kolahtikin jo meidän takanamme.

— Lupaa Vellu, ettei äitin tartte tulla tänne enää koskaan. Lupaatko?

Lupasin, että äiti pysyisi hyvällä mielellä.

Nyt juoksutan sormia pitkin vankilan muuria, tiiliä ja laastia vuorotellen. Tiilet ovat kylmiä ja niissä on sileitä ja karkeita kohtia. Sileät kohdat kutittavat ja karkeat raapivat sormenpäitä. Kaikista rosoisempia ovat ne tiilet, joista on murentunut tai haljennut palasia. Niissä tuntuu teräviä säröjä ja kulmia. Keväällä jalkapohjatkin ovat sillä tavalla arat, että kaikki pienet kivensirut sattuvat. Kesän aikana nahka vahvistuu, sitä tottuu ja voi juosta täysillä vaikka kivikossa. Jos kävisin täällä vielä monta kertaa, niin sormenpääni tottuisivat, eivätkä pelästyisi teräviä reunoja ja rosoja.

Pyydän äitiä odottamaan. Kun katson muuria ihan liki, huomaan että jokainen tiili on vähän erilainen, vähän eri värinen ja muotoinen, vaikka kaukaa katsottuna ne ovat samanlaisia. Lähimmällä tiilellä kävelee muurahainen, se on menossa muurin yli sinne mistä me juuri tulimme. Pyydän äidinkin katsomaan. Se nauraa ja sanoo, että murkku menee väärään suuntaan. Ei mene, siellä on isä.

Huomaan kokonaisen jonon verkkaisesti liikkuvia muurahaisia. Äiti kertoo, että Gustavssoni tulee illalla kylään sen tytön kanssa, että meistä voi tulla kavereita. En tiedä.

Mietin kuinka Gustavssonin avainnippu helisee ja kuinka se valitsee oikeaa avainta, meidän oveen sopivaa. Tuuli paiskoo ilmapalloa vasten tiiliä ja tiiliskivissä on teräviä säröjä.

Pysäkille on pitkä matka. Ratikassa otan ilmapallon syliin. Äiti huomaa, että käteni on mennyt rikki.

Ok-mies

Leena Partanen

Lähellä katonrajaa on pieni ikkuna. Sen yläreuna on kaareva. Ikkunalauta on vino ja ainoa kiiltävän ja puhtaan näköinen kohta koko tilassa. Ikkunalaudan alla roikkuu hevosjuliste. Vihreällä niityllä lepäävän varsan vieressä on ylpeän näköinen äitihevonen. Isähevonen puuttuu. Kalterit ovat ikkunalasien takana. Ne tuijottavat rivissä kuin paraskin vastaanottokomitea.

Tyyppi, joka toi minut tähän koppiin, oli ystävällinen. Ei kai sen tarvitsisi muuta kuin näyttää paikat ja olla asiallinen. Tämä heitti heti hymyt ja kehotti kotiutumaan.

— Eihän tämä hääppöinen ole, mutta pärjäät kyllä.

— Ok, vastasin.

Tyyppi sulki oven ja häipyi.

Ok on lyhyt sanoa ja kirjoittaa. Sillä olin kuitannut vähäiset sähköpostit ja karaokeryhmän tekstiviestit. Olin mukana porukoiden viestittelyssä, mutta en lähtenyt isommin ottamaan mihinkään kantaa. Kerran yksi karaokemimmi hikeentyi ok-kommenttiini ja sanoi, että jos joskus vastaisit Kyllä, Kiitos, Hyvä tai Hienoa, jos et osaa enempää kirjoittaa.

Pomo kysyi joskus töissä, jäisinkö ylitöihin. Minä sille, että ok. Se hymyili maireasti ja minä poika painelin trukilla iltavuoron aamuvuoron perään. Ei niistä ylitöistä paljoa jäänyt tiliin. Vaimo oli tyytymätön palkkaani, elämäänsä, hiustensa väriin ja lohkeilevaan kynsilakkaan. Se lähti yhden Pirren kanssa virkistäytymään Vikingille. Kotiin palatessaan se oli ihan uusi nainen. Kaikki oli hyvin. Katkennut kynsikään ei haitannut. Se vain viilaili sitä tynkää nojatuolissa ja hymyili itsekseen.

Seinien maali on rapissut, laikkuja on paikoitellen kuin kirahvin selässä. Niihin on raaputettu monenlaista sydämenkuvista alapäätöherryksiin. *Kari oli täällä 1990*, lukee hevosjulisteen vieressä. *Ja vitut* on kirjoitettu isoin tikkukirjaimin vastakkaiselle seinälle. Sängyn vieressä on pienellä teksti, jota kumarrun lukemaan *Jumala auta – mä en jaksa*. Istun sängyn reunalla. Kaikki on liian lähellä.

Törmäsin ostarilla Pirreen. Se nojaili Kulmabaarin ovenpieleen ja veti röökiä. Oli aika pätkässään heti alku-illasta. Laiha kroppa heilahti kuin puolikypsä spagetti. Nostin kauluksen pystyyn, ettei se huomaisi. Toisessa kädessäni keikkui kakkulaatikko. Käpykakku oli Helenan herkkua, ja halusin yllättää sen. Tapaamisestamme oli tasan viisitoista vuotta. Maailman rumin kakku se oli, mutta niin helvetin hyvää, marsipaania ja omenahilloa. Pirre tietysti huomasi minut.

— Masa, Masa!

Baarista kuului tasainen jumputus. Joku veti siellä biisiä Valtatie 66. Pysähdyin, vaikka olisin halunnut kiirehtiä kakun kanssa kotiin. Menin Pirren luo ja kysyin, oliko tytöillä mukava risteily. Ensin se ei sanonut mitään, sitten se alkoi halailla.

— Voi Masa-raukka!

Sanoin, että kaikki ok, ei minulla mitään hätää ole. Se laittoi etusormen huulilleen ja sihisi niin, että sylki lensi hampaiden välistä. Etoi sen touhu. Aikansa sihistyään se pyllähti baarin edustan kivetykselle ja iski päänsä rakennuksen kivijalkaan.

Nostan jalat punkan reunalle ja nojaan seinään. Väljät housut kiristyvät polvien päälle, ja reiteni näyttävät tikuilta. Sain talon puolesta ruskeat verkkarit ja ruskean paidan. Rinnassa kirjaimet VHL. Olen aina inhonnut ruskeaa. Siinä mielessä hyvä, että sen avulla sulautuu taustaan niin kuin ei olisi olemassa ollenkaan.

Pirre könysi maasta istumaan ja itki, ettei ollut enää Helenan kaveri. Kun se sillä tavalla villiintyi laivalla. Sitä oli hakenut tanssimaan joku pukumies. Ne olivat veivanneet pitkin tanssilattiaa koko illan. Pirre oli istunut yksin pöydässä ja vetänyt drinksuja. Hitailla Helena oli hivellyt sen kollin niskavilloja, ja tietäähän sen, mihin se johtaa. Aamulla se oli ilmestynyt Pirren hyttiin ja sanonut, että mies odotti aamiaisella. Oli kuulemma ihan Esko Ahon näköinen, vaikka oli nimeltään Antti.

Autoin Pirren jaloilleen ja jätin sen huojumaan baarin viereen. Se sopersi Masa-parkaa ja taputti minua olkapäälle. Sanoin, että kuule Pirre, kaikki on ok. Tajusin, ettei se muistaisi keskustelustamme huomenna mitään. Kotona Helena oli laittautumassa kylppärissä, sanoi menevänsä Pirren kanssa elokuviin. Vastasin ok, enkä puhunut Pirren näkemisestä mitään. Työnsin käpykakun jääkaappiin, otin Karhu-tölkin ja katsoin uutiset.

En saanut viime yönä unta. Tänne tulo on tuntunut oudolta niin kuin kaikki uusi ja epävarma aina tuntuu. Sama tunne kuin pikkupoikana, kun olin ensimmäistä kertaa yön pois kotoa ilman äitiä. Nyt painostaa. Kai tässä voi vetää patjalle pitkälleen.

Kouluikäisinä nukuttiin kesäisin serkkupojan kanssa mummon vintillä. Oli juostu päivät pitkin metsiä. Ullakolla oli samanlainen rautasänky kuin täällä. Valkoinen maali oli lohkeillut ja olkipatjat haisivat pölylle, tunkkaiselle ja hiirenpapanoille. Serkku halusi nukkua hirsiseinän puolella. Sanoin, että ok. Se yritti olla hiljaa, kun kaiversi jonkun Irenen nimen seinähirteen.

Allani ei ole nyt olkia, mutta patja haisee lialle. En halua edes ajatella, mitä sen päällä on tapahtunut. Ja täällä olen yksin. Serkkupoika ei tuhise vieressäni eikä hoe unissaan haluavansa eskimotikun myymäläautosta. Täällä on tosi hiljaista. Paksut tiiliseinät, ei niiden läpi ihmeemmin äänet kulje. Ei edes ovet kolahda, kukaan ei kulje mihinkään. Hiljaisuus on majoittunut seinille odottamaan rikkoutumistaan, oven avautumista, käytävästä tulevaa tuulahdusta, ruoka-annosta. Sitten ovi taas suljetaan, se hitsautuu tiiviisti karmeihin ja avain kiertää lukon kiinni.

Helena jatkoi peliään. Se oli kerrankin tyytyväinen ja iloinen. Osteli vaatteita ja näytti nätiltä. Minun vaimoni. Aamuisin oli mukava katsella viimeisen päälle laitettua ja hymyilevää naista kahvipöydässä. Vähän kuitenkin kirpaisi. Ei se sitä minun takiani tehnyt vaan sen Esko Ahon näköisen. Eikä se paljon minulle puhunut, oli vain virallisen kohtelias. Hyvää päivää sinulle, se sanoi töihin lähtiessään niin kuin sanotaan naapurille rappukäytävässä.

Vuosi sitten Helena tahtoi avioeron. Sanoin ok. Ei olisi ollut mitään hyötyä ruveta riitelemään, ei mikään olisi kuitenkaan muuttunut. Kaikki vähä, mikä meillä oli, meni puoliksi. Halusin pitää Harley Davidsonin, ja Helena sai melkein kaiken muun, säästötkin. Otin aluksi Harleyllä asvalttiterapiaa ja kiillotin sitä tallissa. Mutta sekin alkoi tympiä. Minulle oli jäänyt pikkuvelkoja, ja pian jäi päälle Karhu-putki.

Mukava vartija sanoi, että voisin päästä puusepän-verstaalle töihin. Trukkimiehenä en ole juuri nikkaroi-nut, en edes kaivertanut tyttöjen nimiä puihin tai sei-niin. Mutta on se varmaan tätä koppia parempaa, ja on siellä ilmaa enemmän ympärillä, tästä se alkaa loppua heti alkuunsa. Tartun hommiin kunnolla ja olen muu-tenkin mallikelpoinen. Pääsen ehkä hyvällä käytök-sellä pikemmin pois.

Pomolta tuli viestejä, että ryhdistäydy Koivunen, työt odottavat. En pystynyt. Otin pikavipin ja menin Kulma-baariin laulamaan karaokea heti aamusta. Vedin Kar-hua, humppaa ja tangoa ja lopuksi biisin Luodut toi-silleen ja pillitin Helenan perään. Pirre yritti lohduttaa ja tunkea itsensä kämpilleni. Baarissa paha olo unohtui, ja tarjosin porukoille kossukierroksen. Kuuluin sentään johonkin. Siihen pikavippi sitten upposi, ja piti ottaa uusi, että sain sen edellisen korot maksettua.

En kehdannut näyttää naamaa töissä. Pomo soitti, kysyi vielä viimeisen kerran, tulenko töihin. Olin sen luottomies, ja se tiesi minut ahkeraksi. En vastannut mitään.

— Se on sitten potkut, Koivunen, se sanoi oltuaan hetken hiljaa.

— Ihan ok, huusin baariäänien sekaan.

Tajusin aika nopeasti, että työpaikka meni juuri alta. Moottoripyörää en halunnut myydä, rahaa piti saada muuten kasaan.

Pirre raahasi baariin yhden Jaren. Sillä olisi minulle duunia. Ensin se oli paketin vientiä osoitteesta toiseen. Arvasin, mitä paketteja kuskasin, mutta en välittänyt. Sitten se pisti joenvarren puistoon myyjäksi. Äkkiä opin tutut asiakkaat, vain niille myytiin. Joskus kävi sääliksi se porukka. Melkein pentuja joukossa silmänympärykset mustina ja naamat valkoisina norkoilemassa kamaa. Itse pidin varani, en koskenut aineisiin, pysyin Karhussa niin kotona kuin baarissakin.

Kaikki näytti hyvältä. Sain velat maksettua ja vuokrasin uuden kämpän. Pääsin vähitellen eroon Helenan ikävästä. Elämä oli mallillaan. Sitten tuli se ilta, jolloin Karhu-krapula jyskytti päässä ja yritin tehdä kaupat nopeasti alta pois. Myin ainetta tuntemattomalle ja se oli tietysti kyttä.

Sillä oli musta pipo päässään, sellainen, joka ei mene korville mutta näyttää harmaahiuksisilla miehillä hyvältä, niin kuin elokuvien sankareilla. Pompan kaulukset törröttivät pystyssä ja kaulaliina lepäsi niiden sisällä hirttosolmussa. Ei se ihmeemmin poikennut asiakaskunnasta, vähän vanhalta se tosin näytti. Koivun juurella se ensin kyttäsi ja hivutti itsensä muka kaupoille. Katse tuikki pistävänä ja epäluuloisena kuin haukalla. Se kysyi kokaiinia ja katseli muina miehinä joelle. Minä hölmö vastailin, kun krapula puristi ohimoita ja hapot kuplivat ruokatorvea ruvelle.

Se pisteli taskustaan purukumia suuhunsa. Piparminttu tuoksahti sen puhuessa minuun päin. Oli pakko päästä kämpille ja saada jotain syötävää, muuten oksentaisin mahanesteet pellolle. Aikansa se siinä norkoili ja veti pari röökiä.

— Eiköhän Koivunen lähdetä kamarille, se sanoi lopulta.

Jostain se tiesi nimeni, kai se kuului sen ammattiin selvittää. Kädet vispasivat ja hapan vesi nousi suuhuni, mutta sain sanottua: ok.

Kattovalo paistaa silmiini. Ulkona hämärtää. Tänne loistaa jostain ulkoakin valoa, varmaan muurin takaa kadulta ja kaupungin elämästä. Vai onko se laskeva aurinko? Hämärässä ja pimeydessä olisi parempi olla, hävettäisi vähemmän. Nyt pitää odottaa yhteentoista valojen sammuttamista.

Kun laittaa silmät kiinni, hajut nousevat lähemmäksi, tunkevat pakolla nenäni arvioitaviksi. Mikä täällä haisee? Paska vai Tolu vai molemmat? Jokin leijuu ovelta tähän punkalle. Ei tämä patjakaan ihan raikas ole. Haistelen tätä samaa seuraavat pari vuotta. Ehkä siihen tottuu. Kaikkeen tottuu. Petaan puhtaat lakanat sänkyyn ja muistan, miten Helena vaihtoi saunapäivinä sänkyymme raikkaat, mankeloidut lakanat. Niiden väliin oli hyvä köllähtää.

Valot sammuvat. Pöytä katoaa hämärään, paljun ääriviivat kiiltävät ovensuussa. Käännyn patjalla ja kolautan ranteeni punkan vieressä olevaan jakkaraan. Hyräilen hiljaa biisiä, jonka nimeä ja esittäjää en muista. Lauloin sitä Kulmabaarissa viimeisenä vapaana iltana. *Kaiken kauniinkin rinnalla huomaisin sun, kaiken muistosta mentyä muistaisin sun...* Niin se menee.

Joskus kamakaupat seurasivat uniin. Kakarat kaksikymppistensä kanssa, kädet täristen, laihoina kuin rysäkepit. Ne ryöstivät R-kioskien ja sivukatujen Valintatalojen kassoja, sieppasivat liukuportaissa mummojen käsilaukkuja saadakseen rahaa ja päästäkseen kanssani kaupoille. Kerran tuli nuori nainen maha pystyssä ostoksille. Sanoin, etten myy sille. Mietin, miten sen pennusta tulee narkkari jo ennen sen syntymää. Mutta daami alkoi itkeä, sanoi, että hukuttaa itsensä jokeen, jos ei saa kokkelia. Minä myin.

Kurkussa tuntuu ahtaalta. Jokin ylimääräinen pala puristaa henkitorvea, enkä saa enää happea. On pakko nousta seisomaan. On vedettävä ilmaa nenän kautta sisään ja puhallettava hitaasti huohottaen suun kautta ulos. Tätä yksi narkkari teki, jos ei saanut ajoissa aineita. Sen päästä tippui hikeä, niin kuin suurista haavoista tippuu verta. Se oli kuin kärsivä Jeesus orjantappura-kruunu päässään. Ja minä myin sillekin aineita, että se pääsi ristiltään alas. Minä olin hyvän ja pahan tekijä, Jumala ja Juudas yhtä aikaa.

Laulaminen saa hengityksen kulkemaan ja auttaa unohtamaan ikävät asiat. Mitä Kulmabaarin porukka mahtaa parhaillaan laulaa? Pirre varmaan Pelle Miljoo-nan *Tahdon rakastella sinua*. Luultavasti se yrittää iskeä Ykää tai Penaa. Sanoin niille, että palaan vuosituhan-nen vaihteeseen mennessä, odottakaa minua.

Saisikohan tuonne kirkkosaliin karaokelaitteet? Jartsan kautta tulisi hyvät alennukset Madboyn äänen-toistovehkeistä. Voisin virittää ne kohdilleen ja käydä vetämään lauluporukoita. Kai täällä jotain harraste-taan. Jos mukava vartija sattuu huomenna vuoroon, kysyn siltä, olisiko karaoke ok. Se sanoi tänään, että tässä samassa kopissa on aikoinaan istunut merkittävä musiikkimies. Minä en ole merkittävä, en oikeastaan yhtään mitään, mutta karaokejutut mulla on hallussa. Ja porukat sanoivat, että minä laulan ihan ok.

Keppi

Sanna Hirvonen

Kahden kadun kulmassa seisoi kivitalo. Kivitalossa asui perhe. Perheeseen kuului lapsi. Kutsukaamme häntä Muksuksi.

Muksu oli lapsi, joka ei halunnut valita.

— Suklaata vai mansikkaa? häneltä kysyttiin.

Muksu kurtisti kulmiaan. Mistä hän saattoi sen tietää?

Aina lopulta jäätelö työnnettiin Muksun käteen, ja olipa se millainen tahansa, hän oli tyytyväinen.

— Kissa vai koira? Keltainen vai vihreä? Paras lukemasi kirja? Suurin unelmasi?

Maailma tulvi kysymyksiä. Niitä esittivät niin lapset kuin aikuisetkin. He kai tarkoittivat hyvää. He kai luulivat, että valitseminen oli vapautta. Mutta ei se ollut. Valitseminen oli painajaista.

Kun Muksu oli seitsemänvuotias, häntä kohtasi onni. Hän pääsi kouluun.

Siellä Muksun ei tarvinnut valita. Hänelle kerrottiin, mitä piti tehdä. Hän käveli parijonossa ja istui pulpettirivissä. Hän luki, lauloi ja teki kuperkeikan. Hän hyppäsi, kun käskettiin. Hän piirsi marginaalin neljän ruuturivin päähän sivun reunasta ja jätti sanojen väliin sormen verran väliä. Hän söi, mitä tarjottiin, ja vastasi, kun kysyttiin.

Luokassa oli kaksikymmentäkahdeksan lasta, jotka halusivat kiihkeästi valita. Muksu sai sen pulpetin, jota kukaan ei valinnut. Hän käytti niitä piirustusvälineitä, jotka jäivät laatikon pohjalle muiden otettua haluamansa. Muksu oli tyytyväinen.

Mutta eräänä päivänä koulussa odotti kaamea yllätys.

Piirustuksenopettaja sanoi:

— Tänään meillä on vapaa aihe!

Muksu tuijotti paperia edessään. Hän ei pitänyt vapaasta aiheesta. Hän sulki silmänsä ja ajatteli keppiä, jonka hän oli nähnyt kadulla. Muksulla oli tapana istua huoneensa ikkunalaudalla ja katsoa kadulle. Kun satoi kovaa, vesi ryöppysi pitkin kaltevaa katua ja kuljetti mukanaan keltaisia lehtiä ja roskia. Toisinaan virrassa kiiti paperipussi, kerran iso puukeppi. Keppi meni sinne, minne kalteva katu ja virtaava vesi sen määräsivät.

Muksu halusi olla keppi. Kepin ei tarvinnut piirtää vapaata aihetta. Keppi sai tehdä sitä mitä parhaiten osasi, kulkea virran mukana.

Iltapäivisin Muksu istui kotona kirjoituspöytänsä ääressä ja teki läksyjä. Hän yhdisti pisteet. Hän kirjoitti numerot ja sanat niille varatuille viivoille. 35. Vitamiini. Meloni.

Muksu piirsi viimeisen pisteen i:n päälle. Sitten hän siirtyi ikkunaan.

Ikkunan takana kadun toisella puolella kohosi tiilitalo, jota ympäröi korkea muuri. Muksu seurasi ikkunastaan, mitä talossa tapahtui. Iltapäivisin asukkaat ulkoilivat. Muuri oli niin korkea ja piha niin pieni, että Muksu näki neljännen kerroksen ikkunastaan vain vilahduksia tapahtumista. Toisinaan pallo ponnahti näkyviin muurin harjan takaa.

Puoli tuntia tai tunnin ulkoiltuaan asukkaat menivät takaisin sisälle. Muksu palasi työpöytänsä ääreen harjoittelemaan viivaimen käyttöä.

Muksu tiesi kyllä, mikä talo se oli. Punatiilisten seinien pieniä ikkunoita peittivät kalterit, ja muurin huippua kiersi piikkilanka. Toisella puolen pihaa oli suuri portti, jota Muksu ei ollut koskaan nähnyt avoinna.

Talossa vietettiin säännöllistä elämää. Joka sunnuntai vangit kokoontuivat isoon saliin, jonka ikkunoista Muksu näki sisään. He saapuivat jonoissa ja istuivat puisille penkeille. He kuuntelivat opetusta. Välillä he näyttivät laulavan. Se kaikki muistutti koulua.

Joka päivä kello viisi Muksulle sanottiin:

— Syömään!

Illalla sanottiin:

— On aika pestä hampaat!

Ja sitten:

— On aika mennä nukkumaan.

Muksu söi, pesi ja meni.

Kun Muksu sai koulunsa päätökseen, tuli aika pyrkiä opiskelemaan.

— Mikä sinua kiinnostaa? Muksulta kysyttiin.

— Mene teknilliseen korkeakouluun, hänelle sanottiin.

— Mene yliopistoon.

— Mene ammatinvalintapsykologille.

Muksu tapasi psykologin, joka työskenteli ruskeassa talossa pitkän käytävän varrella. Hän istui psykologin hämärässä huoneessa, kun aurinko leikki vaahteran lehdillä sälekaihtimen takana. Hän vastasi kysymyksiin ja täytti lomakkeen. Tietokone hurisi.

— Sinulle sopii matematiikka, psykologi sanoi.

Hän selasi käsikirjaansa ja kertoi, että matematiik-
kaa voisi opiskella yliopistossa. Muksu nyökkäsi.

Hän pyrki yliopistoon. Hän pääsi sisään.

— Nauti akateemisesta vapaudesta, Muksulle sanot-
tiin. — Voit tehdä mitä haluat.

Muksu vaikeni ja odotti. Sillä tavalla sai aina neuvo-
ja.

— Kannattaa opiskella ohjelmointia, hänelle sanot-
tiin.

— Kannattaa opiskella kieliä.

— Kannattaa opiskella opettajaksi.

Muksu opiskeli. Hän sai hyviä arvosanoja.

Muksu luki tentteihin vanhan kirjoituspöytänsä
ääressä. Välillä hän nousi katsomaan, näkyisikö naapu-
ritalon ikkunoissa tai pihalla elämää. Sateella hän seu-
rasi, miten vesi vei roskia ja lehtiä alas kaltevaa katua.

— Syömään, ovelta sanottiin, ja Muksu meni.

Mutta Muksun vanhemmat ikääntyivät, ja eräänä
päivänä heitä ei enää ollut. Muksun oli huolehdittava
itse itsestään.

Muksu tunnusteli tomaatteja marketissa. Mistä hän
tunnistaisi parhaat? Hän poimi pussiin kimmoisimmat
ja punaisimmat. Sipulia hän ei ostanut, sillä hän ei tien-
nyt, mikä monista vaihtoehdoista olisi paras.

— *Kumman maun sinä valitset?* mainosääni kehräsi
kaiuttimissa. — *Valitse kaksi, maksa kolme.*

Taas tuli kysymyksiä.

— Pannaanko pakasteet pussiin? Löytyykö etukortti? Pankki vai luotto? Otatko kuitin?

Muksu pudisteli päätään, hän nyökkäsi. Hän huomasi, että se toimi: kun liikutti päätään, asiat tapahtuivat.

Muksu suoritti harjoittelun virastossa. Hänelle tarjottiin työpaikkaa.

— Saat liukuvan työajan, hänelle sanottiin. — Voit itse päättää, mihin aikaan tulet.

— Miksi? Muksu kysyi.

Hän saapui töihin joka päivä samaan aikaan.

Työpäivän päätyttyä Muksu asioi Leipälässä.

Ensimmäisellä kerralla kultatukkainen, suikkapäinen myyjä tuijotti Muksua ja odotti vastauksia.

— Mikä leipä laitetaan? Mikä täyte? Juusto? Kasvikset? Kastike? Tuleeko mausteita?

— En tiedä. En minä ole mikään leipäasiantuntija. Sinä olet.

— Asiakas on kuningas. Valitse vapaasti!

— Tee minulle ihan tavallinen leipä. Standardileipä.

— Ei sellaista ole. Jokainen leipä on yksilöllinen, tehty juuri sellaiseksi kuin sinä haluat.

Muksu pyöritti neuvottomana päätään.

— No, myyjä sanoi, — laitetaanko kauraleipä tonnikalalla, juustolla, kaikilla vihanneksilla ja sipulikastikkeella? Minä suosittelen sitä.

Muksu nyökkäsi. Hän sai leipänsä. Leipä oli hyvä. Siitä tuli hänen jokapäiväinen leipänsä.

Joka päivä kello viisi Leipälän myyjä hymyili Muksulle ja kysyi:

— Laitetaanko samanlainen?

Ja Muksu vastasi:

— Laitetaan.

Mutta eräänä päivänä Leipälässä odotti toinen myyjä.

— Mitä saisi olla? hän kysyi.

Muksu ei osannut sanoa. Tonnikala, hän muisti. Muuta hän ei muistanutkaan.

— Tee mitä vain, Muksu sanoi.

— En minä voi, sinä valitset! myyjä sanoi.

Sitten Muksu keksi:

— Mitä suosittelet?

Sillä tavalla hän sai leivän.

— Teen sinusta päällikön, johtaja sanoi Muksulle. — Saat kehittää toimintaa oman näkemyksesi mukaan. Saat vastuuta ja valtaa, miljoonabudjetin. Vapaat kädet, kunhan huolehdit, että päästään tavoitteisiin.

Muksu kauhistui. Hän ei halunnut vapaita käsiä.

— Ei, hän sanoi.

— Kyllä, johtaja sanoi.

— Suositteletko sitä minulle?

— Totta helvetissä! Minä vaadin sitä.

Johtaja ojensi Muksulle suuren ja kiiltävän avaimen. Sen toisessa päässä oli kolmiapilan muotoinen aukko, toisessa päässä monimutkaiset hammastukset.

— Se on kassakaapin avain.

Avaimen paino veti Muksun kumaraan.

Muksu koetti työskennellä suuren pöytänsä ääressä, mutta se oli vaikeaa. Kukaan ei kertonut hänelle, mitä pitäisi tehdä.

Muksu valvoi yöt ja katsoi vankilan pimeitä ikkunoita. Vankilassa yöllä nukuttiin, aamulla herättiin, iltapäivällä ulkoiltiin, sunnuntaisin käytiin jumalanpalveluksessa. Tehtiin niin kuin käskettiin.

Siellä ei sanottu: Voit tehdä mitä vain!

Päivästä päivään Muksu raahautui työpaikalleen kello kahdeksan kolmekymmentä. Päivä päivältä hän oli uupuneempi.

Erään unettoman yön jälkeen Muksu käveli vankilan portille. Hän etsi ovikelloa, kolkutinta, jotakin, millä herättää huomio. Hän koputti metalliseen luukkuun. Se avautui, ja näkyviin ilmestyi vartijan yrmeä naama.

— Millä asialla? mies kysyi.

— Saanko tulla tänne, vangiksi? Muksu kysyi.

— Mitäs olet tehnyt?

— Olen tehnyt mitä käsketään.

— Hah! vartija haukahti. — Jotain rikosta tarttis olla alla, ei sinua muuten tänne oteta.

— Mitä suosittelisit? Muksu kysyi.

Vartija hiljeni. Hän katsoi Muksua ihmeissään mutta näytti sitten ilahtuvan saamastaan luottamuksesta. Hän hieroi leukaansa ja pohti.

— No. Henkirikoksiin älä rupea, se on tarpeetonta. Raiskaukset, ei. Omaisuusrikokset ehkä, petokset, kavallukset, ryöstöt... Jotain sellaista minä tekisin, jos pitäisi valita. Jos sinulla on älliä, sinusta voi tulla arvostettu vanki, ja elät täällä mukavasti.

— Kiitos, Muksu henkäisi.

Muksu hoiti päälliköntointaan uudella innolla. Hän osti palveluja tekaistuilta yrityksiltä ja valutti miljoonat vähin erin omille tileilleen. Jo puolen vuoden kuluttua se tuotti tulosta.

Kun Muksu istui viimeistelemässä seuraavan vuoden budjettia, hänen työhuoneensa ovelle koputettiin. Kaksi siviiliasuista poliisia astui sisään, esitti virkamerkkinsä ja pidätti hänet epäiltynä kavalluksesta. Muksu nousi, otti takkinsa ja kulki poliisien saattelemana ulos.

Avaimet kilahtivat vartijan vyöllä, kun hän kulki Muksun ohi.

Muksu seisoi vankilan keltaisessa kerroksessa ilmoitustaulun edessä ja tutki viikko-ohjelmaa.

Ulkoilu, suihku, raamattupiiri.

Kuvataide, tapaamiset, kuntosali.

Kanttiini, saunavuorot, lääkkeet. Jumalanpalvelus.

Kaikelle oli aikansa, joka toimelle ruutunsa.

Muksu tunsi olonsa niin kevyeksi, että hän olisi voinut nousta ilmaan ja leijua keltaisesta kerroksesta marjapuuronpunaiseen ja edelleen vihreään. Hänen ympärillään kohosivat vankilan järeät seinät. Kaiteet kiersivät avointa aulaa, ja valurautaiset portaat veivät kerroksesta toiseen. Sellien ovia näkyi joka kerroksessa tasaisin välimatkoin. Se oli selkeä järjestys.

Muksu kirjoitti viikko-ohjelman siniseen vihkoonsa. Hän piirsi marginaalin neljän ruuturivin päähän reunasta. Hän söi kun käskettiin, peseytyi kun käskettiin ja meni nukkumaan ja heräsi, kun käskettiin.

Sunnuntaina Muksu istui kovalla penkillä ja katsoi pitsiliinan peittämää alttaria ja kultaista ristiä. Pastorin puhe solisi hänen korviinsa, ympärillä kahisivat vankitoverit. Neljä penkkiä peräkkäin, kaksi vierekkäin, taulut alttarin molemmin puolin.

Korkeista kaari-ikkunoista näkyi vastapäinen talo. Verhot neljännen kerroksen ikkunoissa olivat samassa

asennossa kuin aina. Viherkasvit olivat kuolleet ruuk-
kuihinsa. Muksu ei ollut niitä hoitamassa.

Aurinko meni pilveen. Taivas synkkeni, ja pian
Muksu kuuli sateen.

Kohina voimistui. Pisarat piiskasivat vankilan ikku-
noita. Muksun mieleen muistui keppi. Hän ei ollut aja-
tellut sitä aikoihin. Keppi kulkemassa virran mukana
pitkin ennalta määrättyä uomaa. Yksi suunta, yksi
vaihtoehto. Yksi ruoka mistä valita, yksi viikko-ohjel-
ma.

Seuraavien kolmen vuoden ajan Muksu olisi vapaa.

Ministeri

Alpo Tiilikka

☺ Tervetuloa teatteriin. Minä ☺ olen kirjoitta-
nut tämän näytelmän ja tarjoan teille teatteri-
illan. Näytelmänä on "Tuntematon ministeri".
Meillä on kunnia olla ensi-illan vieraina. Katso-
taanpa mitä ohjaaja ja näyttelijät ovat saaneet
aikaan. Minä tulen teidän mukaanne. Kohta se
alkaakin.

Tästä piti olla ohjelmalehtinenkin, mutta ei ole
jaossa. Taisi jäädä luonnokseksi. No, minulla on
se luonnos ja luen teille täältä esittelytekstin.

✎ Näytelmä on kertomus miehestä, joka nousi
maalaiskylän kellokkaasta ministeriksi tai ainakin mel-
kein. Seuraamme hänen tarinansa huippuhetkiä teatte-
riin dramatisoituina. Sankarimme on Risto Asinen,
pitkän uran kunnallis- ja puoluepoliitikkona tehnyt
mies.

Viidenkympin korvilla mies on parhaassa iässään.
Näin on tapana sanoa, mutta Asisen tapauksessa paras

ikä on menneisyydessä. Hänen tilansa selittävät aivan liiaksi paisunut tynnyrimaha ja äkkipikainen luonteenlaatu, jollainen ei ole hyväksi verenpaineelle. Asinen on edennyt tavalla ja toisella kunnanvaltuuston puheenjohtajaksi ja puolueen piirijärjestön puheenjohtajaksi.

Mitä Asinen tekee hotellin aulassa? Sisäministeri Möttönen on tehnyt ratkaisevan virheen. Hän on hankkinut suklaata ministeriön laskuun läheiseltä kioskilta summalla, joka ylittää kirkkaasti 20 euron rajan, jota suuremmat suklaahankinnat olisi pitänyt kilpailuttaa. Möttönen saa mennä. Kunnallisneuvos Risto Asinen on valittu uudeksi ministeriksi vaalikaudesta jäljellä olevaksi kahdeksi viikoksi. Hän saapuu pääkaupunkiin nimittämistä edeltävänä päivänä ja majoittuu hotelliin.

☺ Aika vaatimattomalta tuo lavastus näyttää. Ei noista lavasteista tajua, mitä ne esittävät. Tulikohan niille kiire saada esitys valmiiksi? Mutta minulla on käsikirjoitus mukana. Tehdään varoiksi niin, että minä luen käsikirjoituksesta kaikki selitykset (✐), millaiset on lavastukset ja mitä näytelmässä on tarkoitus tapahtua, ja kuiskailen sitten teille.

ENSIMMÄINEN NÄYTÖS

ENSIMMÄINEN KOHTAUS - AULASSA

🖊 Asinen saapuu sisään lyhyenä mutta leveänä, katsoipa häntä edestä tahi sivulta. Vastaanottovirkailija on virkapukuinen nuorehko mies, tukka taakse kammattuna, kynä kädessä. Asinen saapuu sisään lyhyenä mutta leveänä, katsoipa häntä edestä tahi sivulta. Hän läväyttää molemmat ovenpuoliskot auki ja etenee tärkeän näköisenä vastaanottotiskille.

ASINEN: Mikä mörskä tämä on? Minä sanoin että varataan neljän tähden hotelli. Tämä aulakin on surkea koppero. Ja millaiset seinät nuo ovat. Ihan luulisi että vankilassa ollaan. Hyvää päivää. Minulla on huone.

RESPA: Hyvää päivää. Minulla satakuusi huonetta. Miten voin palvella?

ASINEN: Mitä per... Mitä te pelleilette? Minulla on varaus.

RESPA: Ja millähän nimellä sellainen varaus oli?

ASINEN: Mitä? Ettekö te tunne minua? Minä olen Risto Asinen. Kunnallisneuvos. Huomisesta alkaen sisäministeri.

RESPA: Anteeksi herra Aasinen, kunnallisneuvos, huomisesta alkaen sisäministeri, mutta teidän nimenne ei ole varauslistalla. Hotelli on täynnä.

ASINEN: Minä sanoin että minulla on varaus!

RESPA: Minä sanoin että hotelli on täynnä. Teillä voi olla vaikka kuinka monta varausta, mutta tähän hotelliin ei ole. Koko hotelli on varattu vankilahistorialliselle harrastajaryhmälle.

ASINEN: Minä nimenomaan pyysin sihteeriä varaamaan neljän tähden hotellista valtioneuvoston läheltä. Miten tämä nyt muka voi olla täynnä? Hiljaisempaa aikaa saa etsiä.

RESPA: Etsivä löytää, mutta kolkuttavalle ei avata. Ennen vanhaan tämä talo avattiin niille, jotka etsivä löysi. Tämä ei ole mikä tahansa hotelli. Tämä on entinen vankila. Kaikki huoneet ovat täynnä niin neuvoksille kuin ministereillekin. Meillä on nyt vankilaharrastajien ryhmä. Heille on järjestetty spesiaaliohjelmaa. Jonkinlainen pakohuonejuttu tai larppaus tai jotain sellaista.

ASINEN: Vai sellainen ryhmä rikoksenharrastajia. Mutta minä en ole rikollinen. Päinvastoin. Minä olen ylin virkavalta. Sisäministeri. Minä vaadin huonetta. Muuten teidän käy kalpaten. Laitan teidät vankilaan.

RESPA: Minähän olen jo vankilassa. On täällä ollut ministereitäkin, erityisesti sodan jälkeen täällä asui sisäministeri pari vuotta. Antaisin teille hänen huoneensa, jos olisi vapaana. Mutta kun ei ole. Ministeri ulos, siinä tulos.

ASINEN: Jo on perkelettä...

☺ Katsokaa nyt "aulan" oikeaan reunaan. Tuo
pahvikuva esittää korkeita valoverhoin suojattuja
ikkunoita ja jakkarat punaisia nojatuoleja. Tuo
mies tuolla tuolissa, onpas saman näköinen kuin
Asinen, mutta vaatteet näyttävät liian isoilta.

MIES: Mutta mitä minä näen! ROISTO! Roisto
          itse ilmi elävänä. Eipä ole nähty sitten
          kouluajan. Etkö muista? Tarkkiksella oltiin
          samalla luokalla. Minä olen Allu Akkanen.
          Sinua sanottiin Roistoksi ja minua Akuksi
          tai Aku Ankaksi. Mitä Roisto on puuhan-
          nut?

ASINEN: Nuo kouluajan lempinimet voisi jo unoh-
          taa. Minä en paljon kouluaikoja muistele.

MIES: Juu. Sitäkin olen kuullut, että et ole koulu-
          kavereita tuntevinasi. Tässä se sitten näh-
          tiin. Roisto on roisto, epäkohtelias ja ilkeä.
          Mitäs sinä täällä? Aiotko ryöstää hotellin
          kassan?

RESPA: (Mutisee)... Ryöstää hotellin kassan...

✐ Respa painaa tiskin alla olevaa nappia niin liioi-
tellulla eleellä, että sen kyllä huomaa. Muut huomaa-
vat paitsi Asinen.

ASINEN: Ne ajat on menneitä ne. Minä olen nyt
          muissa ympyröissä.

MIES: Jaa jaa että Roisto itse omissa ympyröis-
          sään. Muistatkos kun kouluaikana ryöstet-

tiin pankki. Sinulla oli oikea pistoolikin. Vieläkö se on sinulla mukana?

🖉 Respa hätkähtää ja puhuu kiihtyneenä puhelimeen.

RESPA: *(puhetta)* Pistooli mukana *(puhetta)*.

ASINEN: (Miehelle) Se oli vain näytelmä. Ja pistooli oli starttipistooli. Minä en ole tehnyt koskaan mitään laitonta. Minä olen sisäministeri.

MIES: Mitä sinä höpötät? Sisäministeri on Möttönen.

ASINEN: Minä olen sisäministeri. Heti huomenna. Ja minä panen asiat järjestykseen. Tämä hotelli saa sakkoa niin, että tuntuu. Ja miten sinä olet täällä? Muistelen että sinun pitäisi olla vankilassa. Ohoh! Sieltä jo poliiseja tuleekin. Varmaan sinua pidättämään.

POLIISI 1: *(Respalle)* Täältä tuli hälytys. Ryöstöyritys. Missä roisto on?

MIES: Roisto on täällä. Tuo tuossa.

RESPA: Juuri tuo mies. Hän on aseistettu. Minä näin, että hänellä on pistooli. Hän yritti ryöstää hotellin kassan. Hän on myös huijari. Hän sanoi olevansa sisäministeri.

POLIISI 2: Vai sellainen. Kyllä minä sisäministerin tiedän. Hän on Möttönen. Antero Möttönen. Monta kertaa olen ollut sitä turvaamassa. Ja tuo pullero ei ole Möttönen. Möttönen on viisas mies. Tuo näyttääkin ihan rosvolta. Paras raudoittaa.

✎ Poliisit tempaavat Asisen käsistä kiinni, vääntävät kädet selän taakse ja napsauttavat käsirautoihin.

ASINEN: Mitä! ... Näpit irti nyt ... Minä teen valituksen. Minä soitan polliisille!

✎ Toinen polliiseista puhuu puhelimeen. Asinen otetaan käsiraudoista.

POLIISI 1: *(Palaa tiskille, puhuu respalle)* Tässä oli pikku sekaannus. Mitään ei ollut tarkoitus ryöstää. Se on sisäministeri huomisesta alkaen. *(Asiselle, happamesti)* Onnea nyt vaan.

MIES: *(Asiselle)* Onnea matkaan *(ivallisesti)* minnisteri.

POLIISI 2: *(miehelle)* Tunnenko minä sinut? Jotain tuttua. Ei kai sinusta ole kuulutusta? Näytäpäs tuota paitaa.

MIES: Ei ole. Et varmaan tunne. Minä asun ihan muualla. Vanhaa kotia tulin muistelemaan. *(Häipyy kiireellä)*

ASINEN: Se oli koulussa samaan aikaan. Päältäkin näkee, mikä se on. Meillä oli sellainen näytelmä, että ryöstettiin pankki. Siitä se puhui. Mutta kyllä minä näytän sille vielä närhen munat. Heti kun olen ministeri.

RESPA: Just just. Näytelmäporukkaa on koko hotelli täynnä. Ne tyypit näyttelevät jotain

ryöstöjuttua toisilleen. Tehän siihen vanki-
porukkaan sopisitte, kun on kokemusta.

ASINEN: Mitä... Tämä ei jää tähän...

RESPA: *(vastaa puhelimeen)* Ai ei viihtynyt. Ei se
mitään. On täällä kysyntää. *(kääntyy Asisen
puoleen)* Herra Närhi, anteeksi Aasinen.
Tässä tuli äsken peruutus. Yksi huone on
vapaana. Odottakaa hetki tai tunti. Huone
pitää tarkistaa.

ASINEN: Asinen. Ei Aasinen. Kuulette tästä vielä.
Minä en odota. Tarvitsen huoneen heti.
Antakaa avain.

RESPA: Tässä olkaa hyvä herra Aasinen. Toivotta-
vasti viihdytte vankilassamme. Huoneenne
sijaitsee...

✒ Respa antaa Asiselle valtavan ison vanhanaikai-
sen avaimen.

ASINEN: Minäkö en löytäisi yhtä hotellihuonetta
ilman neuvoja. Hyvästi. Huomenna teen
valituksen. *(menee)*

RESPA: *(puhelimeen)* Juu kyllä minä tiedän. Se on
surkein koppi käytävän perällä. Eihän se
ole varsinainen hotellihuone edes. Mutta ei
ole muuta, enkä tuolle antaisikaan, vaikka
olisi. Ei, ei siivota. Se meni jo huoneeseen.
Sinne ei siivoojaa uskalla lähettää. Se on
sisäministeri, ja sen sisällä kuohuu nyt. On
on. Olkoon. Valittaa se joka tapauksessa.

TOINEN KOHTAUS - HUONEESSA

☺ No nyt alkaa toinen kohtaus. Lavasteena pitäisi olla hotellihuone, vaikka tuolla näkyy vain tuherrettua pahvia. Näin tässä lukee:

✎ Sisustusta on vain pieni kaappi ja pieni pöytä. Tuolia ei ole. Seinustalla on kapea sänky. Se on petaamaton. Patja on muhkurainen. Petivaatteet ovat yhdessä kasassa vuoteen laidalla. Vuoteelle on heitetty vähän ryppyinen ja nuhraantunut raidallinen vanginpuku. Asinen tulee huoneeseen pihisten ja puhisten, vahvasti hengästyneenä. Puoli tuntia on kulunut äskeisestä kohtauksesta aulassa.

☺ Sitä ajan kulumista ei näytelmässä mistään näe. Joka paikassa ei voi pitää kelloja riippumassa. Asinen voisi katsoa kelloaan ja sanoa, kauanko meni, mutta sellainen kuulostaa hölmöltä, ja tällä kertaa saatte tyytyä siihen, että minä sen kerron. Keksitään joku konsti seuraavaan esitykseen.

ASINEN: Perkule sentään tätä sokkeloa. Oikea hotelli ei ole tällainen. Huone jonkun pimeän sivukäytävän perällä. Ja tuokin "luokkatoveri". Jos oli samassa koulussa, niin mitä sitten. Sen minä vielä opetan. Kyllä minä sen nimen muistan... tai en muista.

Jo on merkillinen avain, iso kuin isoisän aitassa. Miten se on tällainen? Hotellihuoneen avain on tähän asti ollut muoviläpyskä. Jotain tuossa avaimessa on tuttua. Missä minä olen nähnyt samanlaisen?

"Ei muuta vapaana". Missä televisio on? Entäs minibaari? Missä suklaa sitten on, jos ei ole minibaaria? Eihän täällä voi tehdä mitään. *(Istuu sängyn reunalle, rauhoittuu vähitellen)*

Mikä riepu tuo tuossa on? *(Ottaa puvun ja kääntelee sitä)* Hassu raitapuku. Olisiko se sellainen vanginpuku kuin elokuvissa? Niinpä tietysti. Niillä pelaajillahan on täällä joku vankipelleily. Puku kuuluu siihen. *(Tauko)*

Mitä jos minäkin pelleilisin niiden kanssa. Vähän irrottelisin, näin nimityspäivän aattona. Eihän sitä kukaan näe, kun hotellissa ei ole muita vieraita kuin nuo pelaajat. Jaa-jaa, jos jäisi kiinni jostain rikoksesta *(mutisee)* vaikka se Myllymäen juttu, kohta olisi päällä tällainen. *(kuuluvasti)* Mutta ministeri ei jää kiinni rikoksista. Siis ministeri ei tee rikoksia.

Nyt minä muistan. Kunnantalon avajaiset. Sen minä rakennutin omilla rahoillani. Lahjoitin kunnalle, tai niin ne hölmöt luulivat. Ne antoivat tuollaisen avaimen muistoksi. Oli ne aikoja. Niin-niin, minä sain kaiken tehdä. Mutta pääsin sentään kunnanjohtajaksi ja kunnanhallituksen ja valtuuston puheenjohtajaksi.

☺ Mitä sanoit? On, on sellainen laitonta. Ei niitä virkoja voi yhtaikaa hoitaa. Mutta Asinen sentään maksoi kunnantalon omasta pussista. Ehkä silloin voi poiketa pikkasen säännöistä.

ASINEN: Suklaata on pakko saada. Mikä surkea hotelli. Tänne en tule toiste. Sihteeri sanoi, että se on "sinulle oikein sopiva". Sen vielä höyhennän, heti kun pääsen takaisin.

Höyhennän ne kaikki huomenna, kun olen ministeri. Mutta nyt huolet hukkaan ja seikkailemaan. Ostan ison suklaalevyn ja pari olutta baarista. Sitten kunnon päivällinen. Kai täällä ravintola on. Jos ei, niin ainakin kaupungilla. Nyt mentiin. Kerrankin roistona, ainakin päältä katsoen.

✎ Asinen panee avaimen törröttämään takin taskuun, mutta lompakko ja puhelin unohtuvat sängylle.

☺ Paha juttu. Nyt on nimittäin niin, että niille olisi käyttöä, mutta Asinen ei palaa... Ei pahus, nyt olen puhumassa sivu suuni. Seuraava kohtaus onkin sitten käytävällä.

KOLMAS KOHTAUS - KÄYTÄVÄLLÄ

☺ Tässä kohtauksessa tapaamme Asisen harhaile-
massa hotellin käytävillä. Suklaan etsiminen ei
ole mennyt ihan putkeen, oluesta puhumattakaan.
Ravintolaa ei löydy, ei baaria, ei kioskia.

Näyttää olevan vähän köyhästi lavastettu, mutta
koittakaa käsittää, että tässä on vankilan käy-
tävä ja Asinen sillä kävelemässä. Vasemmalla on
tuo pahviseinä, johon on leikattu ovia.

☺ Nyt tulee käytävälle muita vanginpukuisia. Ne
ovat pahoja miehiä, tai siis pelaajia, jotka
esittävät sellaisia. Ihan tarkasti ottaen ovat
näyttelijöitä, jotka näyttelevät pelaajia, jotka
näyttelevät vankeja. Ja pari vartijan näyttelijää
näyttelevää näyttelijää. Menikö vaikeaksi? Ei se
mitään. Keskitytään katsomaan, miten Asinen
sopeutuu seuraan.

VARTIJA 1:   Tuossa se on, Mersu-Mäkinen. Napa-
taan kiinni.

VARTIJA 2:   Hetkinen. Tuo toinen on Matti Haa-
poja. Se on vaarallinen. Voi hyökätä kimp-
puun. Kukas tuo kolmas on?

VARTIJA 1:   Mikä lienee. Sellaista ei ole tässä rooli-
listassa.

VARTIJA 2:   Roisto mikä roisto. Ohjeessa sanotaan,
että kaikki tänne tulevat pannaan rautoihin.
Ja jos vastustaa, viedään rangaistusselliin.

ASINEN: *(Vartijalle 1)* Mitä sinä sanoit? Minua et laita
mihinkään selliin. Minä olen kunnallisneu-
vos Risto Asinen. Minä vain leikin vankia.

VARTIJA 2:   No hehheh. Ohje on selvä. Käytävällä ei saa oleskella. Menepäs pois, raitapuku-neuvos. *(Työntää Asista sivulle)*

ASINEN: Mitä sinä? Johan on perkuletta! Mitä tolloja te oikein olette? Missä on ravintola? Näpit irti nyt!

☺ Asinen vastustelee ja vartijat taluttavat hänet pois, tässä lukee. Tuolla lavalla väänne-tään nyt ihan tosissaan, ja Asinenhan siinä jää tappiolle. Naps ja nyt hän on raudoissa. Taisi mennä näyttelijöiltä vähän överiksi. Toisella vartijoista taitaa olla kuhmu päässä.

Muistattekos ne talonpojat Kesäyön unelmassa? Niillä meni niin överiksi, että henki lähti.

ASINEN: Mitä helkutin pelleilyä tämä on? Minä vaa-din selitystä. Ja missä on baari? Tämä ei jää tähän!

VARTIJA 1:   Olepas nyt jo paikallasi. Selvä tapaus. Olet poistunut sellistäsi luvatta ja vastusta-nut vartijaa. Rangaistusselliä viisi päivää. Etköhän sillä viisastu.

ASINEN: Mitä te teette? Näpit irti. Minä olen minis-teri. Haluan heti huoneeseeni. Ensin haluan suklaata. Auttakaa, auttakaa, minä olen ministeri, minä kuolen...

🖋 Vartijat alkavat raahata Asista pois. Hän vastus-telee ja riuhtoo, mutta ei voi yhtään mitään miesjärkä-leille.

☺ Asis-paran elämässä tapahtuu tässä konkreetti-
nen käänne. Siinä on tämän näytelmän ensimmäinen
kliimaksi. Niitä on useampi. Sellainen on tärkeää
sitten, kun tästä tehdään tv-sarja. Seuraavissa
kohtauksissa näemme Asisen rauhallisempana, kun-
nes...

☺ Nyt se kohtaus loppui. Miten rupesikin teke-
mään mieli suklaata. Onneksi minulla on täällä
laukussa. Otetaan pari pötkyä itse kukin.

TOINEN NÄYTÖS

ENSIMMÄINEN KOHTAUS - SELLISSÄ

☺ Kuka muistaa Kellopeliappesiinin? Siinähän rikollinen pakotettiin katsomaan työnsä tuloksia. Niitä voi myös miettiä, kun istuu tarpeeksi kauan suljetussa kopissa.

☺ Kohtauksen lavasteena piti olla pieni karusti sisustettu vankiselli, takaseinällä puinen laveri. Sen yläpuolella korkealla katonrajassa pieni ikkuna, ja sen takana vahvat kalterit. No, tuo kelvatkoon.

✏ Vartijat raahaavat potkivan ja kiroilevan Asisen selliin ja paiskaavat laverille.

VARTIJA 1: Hyvää pyttyä. Koitapas rauhoittua. Viikon päästä haetaan, jos olet kunnolla.

ASINEN: Mitä helvettiä tämä tarkoittaa? Minä olen ministeri. Minua ei kohdella näin, vaikka mitä pilaa olisi.

VARTIJA 1: Kohta opit, onko pilaa. Koita nyt asettua, tai rapsahtaa toinen viikko lisää.

ASINEN: (Raivoaa) Nyt riittää! Mennään takaisin. Viekää minut baariin. Tai kioskille. Tai kauppaan. Minä haluan vapaaksi. Ja suklaata.

VARTIJA 1: Koita nyt jumalauta asettua. Teikäläisten mesomista ei hyvällä katsota.

☺ Vartijat lähtevät pois. Tuolla ne puhuvat näyttämön toisella reunalla. Asinen ei kuule.

VARTIJA 2:   Kylläpäs jaksoi. Jopas osasi, jopas osasi. Melkein luulisi, että oli tosissaan.

VARTIJA 1:   Niinpä. Kyllä ne harrastajat osaa näytellä. Mutta mahtaa mieli muuttua viikon mittaan. Saattaa olla silloin ihan tosissaan.

TOINEN KOHTAUS - SEURAAVA AAMU JA SEURAAVAT PÄIVÄT

ASINEN: *(Hiljaa itsekseen)* Kaksisataaneljäkymmentäkahdeksan, kaksisataaneljäkymmentäyhdeksän. Minä tulen hulluksi... hulluksi... kaksisataaviisikymmentäkaksi, kaksisataaviisikymmentäkolme... *(ulkoa kuuluu lokin kirkaisu)* mikä ääni tuo oli? Nyt minä taas sekosin... yksi, kaksi, kolme *(jatkaa)*

🖉 Vartija tulee ison astian ja lautasen kanssa. Laittaa jotain mössöä astiasta lautaselle, työntää lautasen verkkoseinän luukusta selliin ja rämäyttää luukun kiinni. Asinen hätkähtää ja ryntää verkon äärelle.

ASINEN: Minun on päästävä heti pois. Tänään minut nimitetään ministeriksi. Minä haluan suklaata!

VARTIJA 1:   Ole nyt hyvä ihminen hiljaa. Siinä on sinulle ruokaa tai ainakin syömistä. Syö nyt nätisti, niin saat huomennakin jotain.

☺ Mikäs nyt tuli? Valo sammui. Ahah, syttyi se sentään. Tässä lukee "Valo himmenee ja kirkastuu päivän vaihtumisen merkiksi". Ei taida olla tässä salissa säätimiä.

🖉 Asinen istuu laverin reunalla pää riippuen heilutellen hitaasti jalkojaan. Avain kilahtaa taskusta lattialle.

ASINEN: Tuo avain! Kunnantalon avain. Se vainoaa minua. Miksi se annettiin täällä minulle?

Minä sen talon rakennutin omaan piikkiin. Sain kunnia-avaimen. Luulivat että lahjoitin talon kunnalle, mutta se oli vain puhetta. Myin sen kaksi vuotta myöhemmin sijoittajalle tuplahintaan. Kunnan hölmöt luulivat, että kunta omistaa. Se oli niille niin nolo juttu, että painettiin villaisella.

(Tauko)

ASINEN: Suklaata! Antakaa suklaata. Miksei kukaan kuule? Missä minä olen?

✎ Valo sammuu ja syttyy taas. Asinen istuu apaattisena laverinsa reunalla. Hän mutisee itsekseen. Vartija tulee ja lykkää sisään uuden aterian, ottaa edellisen lähes koskemattoman annoksen.

VARTIJA 1: Jahah. Herra se pitää paastoa. Sehän herralle sopii. Eihän se tuollainen maha ketään kaunista. Ei varsinkaan tuollaista pikku tylleröä. Herra tai narri, niitähän täällä istuu. Tavalliset kulkijat pysyvät omalla osastolla. Vaan mikäs täällä ollessa. On oma huone. Ruoka tuodaan eteen. Työtä ei tarvitse tehdä. Että senkun istuu vaan ja miettii omia pahoja tekoja.

ASINEN: *(Voipuneella hiljaisella äänellä)* Tyllerö. Olenko minä tyllerö? Minä olen ministeri. Sisäministeri. Tänään minut nimitetään. Tai eilen. Minun täytyy päästä ulos.

VARTIJA 1:   Sisäministeri. No sehän sattui. Sisällä-
hän herra on. Niin täällä vankilassa sano-
taan. Kun konna on täällä, hän on sisällä.
Kun on siviilissä, on ulkona. Sisäministeri
sisällä, ulkoministeri ulkona. Mieti sitä.

✎ Vartija menee päätään puistellen. Asinen jää
nuokkumaan paikalleen. Vartija kohtaa näyttämön
reunalla toisen vartijan.

VARTIJA 1:   Pahalta näyttää. Pitäisikö se päästää
pois?

VARTIJA 2:   Katotaan nyt huomiseen. Päästetään
sitten huomisiltana.

VARTIJA 1:   Tehdään niin.

✎ Taas valot sammuvat ja syttyvät.

ASINEN: *(Puhuu itsekseen, piirtää sormella laveriin)*
Tässä näin, katsokaas tässä arvon toimittaja,
tässä kohdassa on sisäministeri. Ja tuossa
vähän sivummalla on pääministeri. Päämi-
nisteri on kohta matkansa päässä. Sitten
minusta tulee pääministeri. Muutan sen
nimen ylipääministeriksi. Ylipääministeri
on ylipäänsä oikeassa kaikessa. Ja miksi?
Koska hän on aikanaan sisäistänyt tärkeät
asiat. Pääministeri ei. Hän vain pääpättää.
Ja ulkoministeri, sanonko minä? No en
sano. Ulkoministeri on ulkona kuin lumi-
ukko. Sanoinko kumiukko? Ei, en sanonut.
Kirjoita siihen, että kohta entinen pääminis-

teri niin sanoi. Entä jos rupeaisinkin val-
tionvarainministeriksi? Olisi varaa millä
mällätä. Mutta sitten ne sanoisivat valtion-
varkainministeriksi. Ja taas saisi kuulla rois-
tosta, ja ties mitä ne keksisivät.

VARTIJA 1: (Saapuu) Mikset sinä ole syönyt? Eikö
ruoka maistu? Mikä siinä muka on? Samaa
se on kuin aina ennenkin.

ASINEN: (vaisusti) Tuokaa johtaja tänne. Ei, tuokaa
suklaata. Minä olen kuollut. Ainakin kohta
olen kuollut. Ministeri on kuollut. Hyvästi
elämä.

✎ Asinen asettuu makaamaan laverille. Vartija
menee. Hän kohtaa toisen vartijan näyttämön reunal-
la.

VARTIJA 1:   Kävin siellä. Ihan se on reporankana.
Ei kai se ole vain sairas? Jos vaikka kuolee.
Mitähän sille pitäisi tehdä?

VARTIJA 2:   Anna sille jotain parempaa ruokaa.
Kinkusta tuollainen tykkää. Itsekin on kuin
kinkku. Jos ei elostu, niin haetaan lääkäri.

VARTIJA 1:   Niinpä tehdään.

KOLMAS KOHTAUS - TUNNELI

✎ Näyttämö pimenee hetkeksi ajan kulumisen merkiksi. Valo kirkastuu, ja vartija tulee täyden lautasen kanssa.

VARTIJA 1: Hohoi! Heräähän syömään. Laitoin sinulle erikoisannoksen. Nyt ei olekaan puuroa vaan kunnon kinkkulautanen.

✎ Hyvä sana "kinkku" saa Asiseen eloa. Hän nousee istualleen ja tarttuu innolla lautaseen. Syö nopeasti maiskuttaen. Aterian jälkeen hän laskee taas tiiliä ja kajauttaa seinää nyrkillä joka numerolla.

ASINEN: Yksi, kaksi, kolme... *(muminaa)*... kolmesataaviisikymmentäkaksi, vitun kolmesataaviisikymmentäkolme, saatanan perkeleen kolmesataaviisikymmentäneljä...

Johan on pirua! Seinästä sortui iso osa. Siellä on tunneli. Nyt meikäpoika lähtee! Karkaa vankilasta. Ja sen vartijaporukan laitan tänne tilalle. Syyte 1: vapaudenriisto. Syyte 2: huono ruoka. Syyte 3: ei suklaata.

✎ Ahtaan aukon jälkeen on vähän isompi käytävä, kahden eri suuntaan menevän seinän välinen kiilamainen tila. Siitä eteenpäin jatkuu tunneli, josta juuri ja juuri mahtuu läpi.

☺ Ahah. Nyt tuli teatterille vaikea tehtävä. Mitenkäs tämä tila ja tunneli näytetään yleisölle? Aika heikosti näyttää onnistuvan. Asinen kävelee parin matalan pahviseinän välissä.

☺ Mitäs tämä nyt meinaa? Esirippu ja väliaika. Ei se näin pitänyt olla. Mitä helkuttia näin lyhyessä näytelmässä on kaksi väliaikaa? En minä siihen sellaista kirjoittanut. Teatterin johto on varmaan laskelmoinut, että tauolla tekevät suklaakakut kauppansa. Ja joo. Suklaamainoksia heijastetaan nyt esirippuun. Mennään mekin tauolle ja otetaan kahvit ja isot kakunviipaleet.

KOLMAS NÄYTÖS

ENSIMMÄINEN KOHTAUS - KABINETISSA

☺ Tässä sitä taas ollaan. Seuraava kohtaus on ravintolan kabinetissa. Joo, on siinä joku pöytä ja muutama kenttätuoli ympärillä. No, näyttelijät ovat paikalla.

HOTELLINJOHTAJA: *(Nostaa maljaa)* Tätä kelpaa juhlia nyt oikein kunnolla. Meillä on hotelli täynnä, on ollut jo kaksi kuukautta. Eikä hinnoista tingitä, vaikka tulee isoja ryhmiä. Oheispalveluissa on rutkasti katettä. Niin että kippis. Tänään otetaan toisellekin jalalle.

VARTIJA 1: Sitä minä vaan vähän ihmettelen, että tuon juuri lähteneen ryhmän mukana tuli yksi ihan kahjo tyyppi. Muut lähtivät eilen, mutta se jäi selliinsä. Ei tuntenut sääntöjä ollenkaan. Ei edes yrittänyt löytää pakotietä eikä käyttänyt avainsanaa.

✐ Sivulta on kuulunut voimistuvaa hakkaamista ja kolinaa vartijan puheen aikana. Kaikki kääntyvät katsomaan. Respa ja hotellinjohtaja menevät sivuseinän luokse. Seinästä romahtaa tiiliä ja laastia lattialle ja Asinen ryömii esiin.

☺ Katsokaa! Seinän alaosasta aukeaa pahvinen luukku. Hei, se tarkoittaa, että seinä sortuu. Asinen ryömii esiin. Aika hyvä keksintö tämä tunneli, vaikka itse sanonkin. Tai no niin, aika tavallisia ne ovat vanhoissa vankilakirjoissa.

VARTIJA 1: Voi jumalauta! Siinä se toljake on. Tuli seinästä läpi. Mutta hetkinen. Sen selliin on matkaa kaksikymmentä metriä, ainakin.

ASINEN: Mitä tämä tarkoittaa? Missä minä olen? Mikä päivä nyt on? Tänään on hallituksen muodostus. Soittakaa pääministerille. Antakaa suklaata.

Mitä? Apua! Nuo roistot ovat täällä. Respavaksi ja sellivartijat. Ottakaa heidät kiinni. Soittakaa polliisi. Ja minä tarvitsen suklaata.

RESPA: Apua! Eikun papua! Soittakaa polliisi. Poittakaa solliisi. Itse hän on roisto. Juuri murtautui seinän läpi. Hänellä on pistooli. Minä näin sen itse viikko sitten. Hänet on pidätettävä. Kohta viedään. Piipaa piipaa...

ASINEN: Jo on otsaa! Minä....

HOTELLINJOHTAJA: Rauhoittukaa tai minä rauhoitun itse. Mitä hän on tehnyt?

RESPA: Hän yritti ryöstää kassan. Uhkaili minua aseella ja pakotti antamaan itselleen huoneen. Kun menin vartijoiden kanssa hänen huoneeseensa, häntä ei löytynyt. Mutta nyt me saamme hänet kiinni. Menen hakemaan vartijat.

HOTELLINJOHTAJA: Tuossahan meillä on vartijat. *(Viittaa vanginvartijoihin)*

RESPA: He ovat vankilapelin näyttelijöitä. He eivät tee mitään, mikä ei lue ohjeissa.

VARTIJA: Näin on. Tuokin tuossa *(viittaa Asiseen)* olisi voinut mennä pois sellistään koska vaan. Niin lukee pelin ohjeissa. Eihän sen sellin ovea saa edes lukkoon. Mutta eihän tuo hölmö mennyt. Mieluummin istui viikon sellissä.

🖉 Respa menee. Taputtaa Asista olkapäälle, vilauttaa pientä suklaalevyä taskustaan ja katsoo ivallisesti.

ASINEN: Respavaksi valehtelee! Ja sillä on suklaalevy taskussa. Antakaa se minulle.

VARTIJA 2: *(Saapuu iso avain kädessä)* Herran avain unohtui "huoneeseen".

ASINEN: Tuo avain! Se vainoaa minua!

🖉 Asinen ryntää käytävälle ja juoksee pois.

TOINEN KOHTAUS - KIOSKILLA

☺ Asinen on livahtanut hotellista kadulle. Sen varressa on sinivalkoisin tunnuksin varustettu kioski. Se on tuo hassu teltta tuossa. Kioski tarkoittaa suklaata. Asinen poikkeaa kioskiin ja kahmii taskut täyteen suklaapatukoita. (Tässä on teillekin pari itse kullekin.) Kohta on vartija Asisen niskassa kiinni.

ASINEN: Siinä sitä on. Onni ja autuus.

MYYJÄ: Hetkinen herra. Ostokset pitää maksaa.

ASINEN: Pois tieltä. Minulla on kiire. Pitää ehtiä hallituksen kokoukseen.

VARTIJA: Ainahan teikäläisillä kiire on. Oletkos vankilasta karkumatkalla? Että ihan oikea roisto.

ASINEN: Risto, piru vieköön. Risto eikä roisto.

VARTIJA: Ihan kuten herra haluaa. Roisto tai Risto. Emäroisto tai emäristo. *(Myyjälle)* Jokos soitit poliisit.

MYYJÄ Tulossa on.

ASINEN: Mitä pirua tämä tarkoittaa? Minä olen ministeri. Sisäministeri. Minä vielä otan teiltä luulot pois.

POLIISI: *(Saapuu)* Jahas jahas. Kas kas. Tästä tyypistähän on jo kuulutus. Yritti ryöstää hotellin viikko sitten. Ja vielä on vankilan puku päällä. Yleensä nuo pyrkivät vaihtamaan... Otetaanpa talteen.

ASINEN: Näpit irti nyt! Minä olen Risto Asinen, sisä-
ministeri.

POLIISI: Jaha jaha. Ja ministerin puku päällä. Herra
Aasinen on hyvä ja tulee sisään meidän
autoon. Sisäministeri sisään, ulkoministeri
ulos. Sitähän se oikea sisäministeri Möttö-
nen vitsailee vähän väliä.

☺ Lyhyestä virsi kaunis. Nyt Asista viedään, ja
suklaat tippuvat lattialle. Mutta meillä ei ole
hätää. Ostin tauolla pussillisen suklaapatukoita.

KOLMAS KOHTAUS - VANKILASSA

☺ Tämä on viimeinen kohtaus. Asinen on taas vankilassa, tällä kertaa ihan oikeassa sellaisessa. Eihän parin suklaan varastamisesta sentään joudu suoraan vankilaan. Mutta nyt on kyse muusta. Kohta saatte tietää.

✐ Asinen istuu sellissään laverin reunalla päätään riiputtaen. Vartija tulee sisään ruokatarjotin mukanaan.

VARTIJA: Päivää päivää. No äläpäs sinä murjota. Tässä on sinulle ruokaa tai ainakin syömistä. Niin ja tervetuloa kotiin. Sinua on jo täällä jo kaipailtu.

ASINEN: Lopeta hyvä ihminen tuo höpötys. Minä olen ministeri. Tässä on väärinkäsitys. Miksi minut tuotiin vankilaan? Minä vain lainasin pari suklaata. Se olisi maksettu valtioneuvoston kansliasta.

VARTIJA: Lopeta sinä hyvä ihminen tuo ministerihöpötys. Minä olen lukenut paperit. Ne ovat saaneet selville, kuka sinä oikein olet. Et sinä ole mikään ministeri. Sinä olet Allu Akkanen, pankkiryöstäjä ja vankikarkuri. Jäljet johtavat hotelliin, josta sinut napattiin. Viikon onnistuit piileskelemään. Ja vielä oli kiinni otettaessa vanginpuku päällä. Oletko sinä vähän tyhmä?

ASINEN: Minä en ole Allu. Näkeehän sen päätäkin. Tai sitten ei näe. Allu oli hotellissa. Minä en ollut siellä. Tarkoitan, että minä olin siellä. Tarkoitan että Allu ei ollut siellä. Tarkoitan että... piru vieköön!

VARTIJA: Rauhoituhan nyt. Eihän sinulla ole kuin kaksi vuotta kakkua jäljellä. Äkkiä se menee.

ASINEN: Minä... kaksi vuotta... auttakaa... auttakaa... suklaata...

✎ Vartija menee pois. Näyttämö pimenee ja kirkastuu. Asinen lojuu voipuneena laverilla. Vartija palaa hetken kuluttua nopein askelin paperilappu kädessään.

VARTIJA: No jopas on uutta tietoa. Eipä olisi uskonut. Sinä kun olet ihan roiston näköinenkin.

ASINEN: *(Hiljaa masentuneena)* Riston. Riston näköinen.

VARTIJA: Kuulepas nyt tätä! Akkanen on saatu kiikkiin. Kai sinä sitten olet Asinen. Kohta pääset vapaaksi.

ASINEN: Vapaaksi! Nyt äkkiä valtioneuvostoon. Minut nimitetään ministeriksi. Ei jumalauta! Nyt on jo maanantai. Minun virkakauteni loppui eilen. Mitä minä nyt teen?

☺ Älkää nyt menkö. Ei se vielä loppunut, vaikka esirippu meni kiinni. Katsokaa nyt. Asinen tulee tuolla ja asettuu näyttämön reunalle. Huomatkaa, sillä on siviilit päällä.

ASINEN: *(Lukee kädessään olevasta paperista. Jyrsii samalla isoa suklaalevyä.)* "Nimitetään kirjallisessa poikkeusmenettelyssä nimitettävän ollessa estynyt saapumasta paikalle sisäministeriksi alkaen 15.12. ja vapautetaan virasta 31.12. Valtioneuvosto kiittää syvällisestä paneutumisesta erityisesti vankilalaitoksen toimintaan."

Minä... sisäministeri... suklaata.

LOPPU

Rasia

Leena Partanen

Viisi täyttä muovisäkkiä nojaili toisiinsa eteisen nurkassa. Urakka oli pahasti kesken, vaikka olimme puuhailleet talossa jo viikon. Ilta toisensa jälkeen tavarat keikkuivat peräkärryllä kaatopaikan sekajätteeseen tai kierrätyskeskukseen. Anni muistutti päivittäin, että mummin muistoa piti kunnioittaa ja käydä tavarat huolella läpi. Tärkeää oli samalla täyttää mummin viimeinen toive.

Talo oli rakennettu viisikymmentäluvun lopulla. Valkoinen kivilinna ei sopinut vuosisadan alun puutalojen keskelle. Se pilkahteli metsän reunasta kuin hallitsijan palatsi. Isä oli rakennuttanut sen uransa nousukiidon aikoihin ennen syntymääni. Talossa oli seitsemän makuuhuonetta, kirjasto, olohuone ja keittiö.

Puutarhassa kasvoi omenapuita, koristepensaita ja monenlaisia perennoja. Kesäkukat istutettiin heti halla-öiden mentyä. Siellä tuoksui keväästä syksyyn. Huhti-kuussa mullalle, toukokuussa kieloille ja idänsinililjoil-le. Syreenien, ruusujen ja kiinanpionien vuoro tuli seu-raavaksi. Äiti piti eniten jasmiinipensaan mansikkai-sesta tuoksusta, minä neidonruusupensaasta, joka kii-peili vanhaa leikkipaikkaani rajaavassa ristikossa. Loppukesällä juoksentelin nauhuksien ja syyssyriköi-den ympärillä kilpaa perhosten kanssa. Naapuri sanoi meidän elävän paratiisissa.

Puutarhatöiden lomassa pelasimme äidin kanssa sulkapalloa, hyppäsimme narua ja olimme joskus ilta-myöhään piilosilla. Isä viihtyi paremmin työhuoneessa viskipullo vieressään. Jos yksi pullo ei riittänyt iltajuo-miseksi, meidän oli hyvä pysytellä poissa näkyviltä, kunnes isä sammui työhuoneensa sohvalle.

Leskeksi jäätyään äiti asui talossa yksin. Hän kävi pari kertaa viikossa kahden korttelin päässä olevassa ruokakaupassa ja joskus sunnuntaisin kirkossa. Urku-parven varjossa hän istui piilossa ihmisten katseilta. Kenenkään huomaamatta hän hiipi ulos, jos ikku-noista pilkistävä aurinko kääntyi hänen kasvoilleen. Kesällä hän vietti kokonaisia sunnuntai-iltapäiviä kirk-koa ympäröivällä hautausmaalla. Ei kuitenkaan isän haudalla. Naapuri oli nähnyt hänet istumassa varjoisalla penkillä vaatimattoman haudan edustalla ja kuullut hänen puhuvan yksikseen.

Viimeisinä vuosina äidin maailma pieneni kallistuneen puutarha-aidan sisäpuolelle. Häntä ei nähty enää kaupassa, ei kirkossa eikä hautausmaalla. Lapseni hoitivat hänen asioitaan. Anni maksoi laskut ja haki kaupasta ruokaostokset. Petteri ajeli huokaillen nurmikon muutaman kerran kesässä ja kolasi talvella kapeat kulkuväylät kinosten väliin. Joskus harvoin järjestelin äidin muita asioita. Yleensä hän ei kaivannut mitään, ei edes juttuseuraa. Kun kysyin hänen vointiaan, hän sanoi olevansa elämänsä kunnossa.

Anni tuli iltapäivisin auttamaan keittiön kaappien ja laatikoiden tyhjentämisessä. Kyyneleet silmissään hän pakkasi koriinsa astioita, joita olin heittämässä jätesäkkiin. Hän pyöritteli käsissään ruusukahvikuppeja, joiden tummuneissa sisäpinnoissa kulki halkeamia.

— Ihan hyvin näitä voi käyttää, hän puuskahti ja pillahti itkuun.

Toukokuun puolessa välissä Anni oli löytänyt hänet kuolleena. Mummi oli maannut makuuhuoneen sängyllä kädet torkkupeiton päällä ristissä. Anni oli istunut vuoteen reunalle, ja kysynyt, jaksaisiko hän nousta. Kun mummi ei herännyt, Anni soitti ambulanssin, mutta mitään ei ollut enää tehtävissä.

Jälkeenpäin Anni kertoi hänen viimeisistä päivistään ja puheistaan. Miten mummi oli kävellyt talossa ympäriinsä, kulkenut huoneesta toiseen ja availlut kaappeja. Sitten hän oli pyytänyt Annia etsimään rasian, muttei ollut osannut selittää, millainen rasia oli ja mihin hän oli sen kätkenyt.

Anni jätti luentoja väliin ja tuli talolle heti aamusta. Jos nakkasin lankarullapurkin jätesäkkiin, hän kaivoi sen sieltä esille, käänteli rullia aikansa ja laittoi ne takaisin roskiin. Hän saattoi kierittää lankaa sormensa ympärille aivan kuin miettien, että mummi olisi tehnyt samoin tai että juuri sillä langalla mummi oli joskus ommellut hänen nukelleen mekon.

Talo oli täynnä erikokoisia kauniita laatikoita ja koreja. Isän kuoleman jälkeen äiti oli tehnyt pikkuhiljaa kaikille esineille omat säilytysastiat. Jos pastillipurkista löytyi hakaneuloja, saattoi olla varma, että kaikki hakaneulat olivat siinä, niitä ei löytynyt lojumasta kirjoituspöydän laatikon pohjalta tai vanhojen kolikoiden seasta.

Kaappeja ja laatikoita riitti. Tavarat olivat siistissä järjestyksessä, mutta kaikki hyllyt olivat aivan tupaten täynnä. Työpöydän alla olevan laatikoston vetimet kiilsivät ja tammipinnat olivat tahrattomat. Alimmaisessa laatikossa oli leipäpusseja. Oululaisen olivat omassa pinossaan, Fazerin omassaan sileinä kuin kirjan sivut.

Kulmassa oli pari pientä rasiaa, toisessa olivat Oululaisen sulkijat, toisessa Fazerin. Olin työntämässä muovipusseja jätesäkkiin, kun Anni puuttui taas tekemiseeni.

— Etkö sä nyt tajuu, että ne menee muoviroskiin! Mummikin lajitteli.

— Ai jaa. Anteeksi kulta.

Aina uudelleen Annin puhe kääntyi äidin viimeiseen päivään. Jos hän ei olisi mennyt kuntosalille ja kaverin kanssa juomaan lattea, hän olisi ollut mummin luona aikaisemmin. Miten ambulanssi olisi vienyt mummin sairaalaan ja hän olisi elossa. Sanoin, että äiti kuoli juuri niin kuin halusi, nukkuessaan omassa sängyssään. Eräänä iltana Anni sitten kysyi, miksen ollut käynyt äidin luona viikkoihin. En osannut vastata. Äiti oli ollut minulle lapsena läheinen. Kaikki oli kuitenkin toisin, kun palasin Amerikasta kotiin.

Anni kulki ympäri taloa miettien, missä mummi oli viimeisinä päivinään vaeltanut. Tehtävä oli mahdoton. Kaappien hyllyt olivat keksi- ja makeisrasioita väärällään. Lisäksi keltaisia ja punakukkaisia säilytyslaatikoita oli autotallin ja varaston hyllyillä riveissä ja päällekkäin. Niissä oli isän firman papereita, Kotilieden ja Suomen Kuvalehden vuosikertoja, kuitteja, työkaluja, kenkiä ja isän käsiaseiden kokoelma.

Joskus juovuspäissään isä pelasi yksiksseen venäläistä rulettia. Hän kaatoi snapsilasin piripintaan, kumosi sen suuhunsa ja nosti pyssyn ohimolleen. Alle koulu-ikäisenä katselin sitä kuin leikkiä, jossa olisin halunnut olla mukana. Mutta äiti otti minua kädestä ja vei pihal-le. Istuimme puutarhakeinussa, laskimme tammenleh-tiä tai taivaalta tulevia lumihiutaleita. Äiti näytti aina rauhalliselta ja keksi meille tekemistä, vaikka hänen käsivartensa olivat mustelmilla ja silmäkulma saattoi hehkua turvonneena.

Isä ei kuitenkaan saanut itseään hengiltä. En tiedä, toivoiko äiti, että ase olisi lauennut ja isän aivot olisivat valuneet työpöydälle tai nahkasohvalle. Äiti olisi palannut kaipaamaansa työhön tyttökoulun opetta-jaksi ja laittanut minut päiväkotiin. Muutamassa vuo-dessa isän itsemurha olisi unohtunut ja olisimme aloit-taneet uuden elämän kaupungin toisella laidalla, missä kukaan ei tuntenut meitä.

Olin Amerikassa opiskelemassa, kun se vihdoin tapahtui. Isä kuoli luotiin. Ei oman käden kautta vaan jonkun tehtaansa työntekijän. Äiti ei laittanut minulle rahaa lentolippuun, enkä päässyt hautajaisiin. Parin opiskeluvuoden jälkeen palasin Suomeen, ja äiti oli minua lentokentällä vastassa. Sysäsin työntökärryt muiden matkustajien jalkoihin ja olin juoksemassa äidin syliin, kun hän ojensi kätensä ja sanoi päivää. Niin tervehditään kaukaista sukulaista, joka tulee muutaman vuoden tauon jälkeen lomallaan käymään.

Ajoimme taksilla kotiin. Äiti kysyi kohteliaasti, miten lentoni oli mennyt ja kauanko aioin majailla hänen luonaan. Ensimmäisen yön itkin kulmahuoneen vuoteella ja seuraavana päivänä vuokrasin yksiön toiselta puolelta kaupunkia. Hän ei pyytänyt minua jäämään.

Olin siivonnut taloa päiviä, kun heräsin yöllä painajaiseen, että äiti hiipi lehteä lukevan isän taakse ja ampui hänet. Seuraavina öinä ampuja olin minä. Aamulla heräsin isän nauruun tai juomalauluun, jota hän unessa pakotti minut laulamaan. Painajaisten alettua siivousurakka eteni huonosti. Olin aamuisin niin väsynyt, etten tahtonut jaksaa nousta sängystä ylös ja ajaa äidin talolle.

En pystynyt enää nukahtamaan iltaisin. Jos nukahdin hetkeksi, samat painajaiset täyttivät yöni. Minun piti päästä talosta eroon mahdollisimman pian. Öinä, jolloin en saanut unesta kiinni, ajoin talolle, nostelin rasioita keittiön pöydälle ja availin niitä sattumanvaraisesti tietämättä, mitä etsin.

Löysin kaapeista kukkalaatikoita, meriaiheisia laatikoita, taideaiheita, metsämaisemia, Pariisia, Lontoota, Nizzaa, lapsiaiheita, koiria, kissoja ja villieläimiä. Niissä saattoi olla ruuveja ja tulppia, messinkikoukkuja tai sulakkeita. Sisälle oli kirjoitettu lappu, mistä ruuvista oli kysymys. *Yleisruuvi 3x25mm, uppokanta,* luki lapussa pienen kissarasian sisällä. Jokaisessa rasiassa oli vain samanlaisia esineitä. Erikokoiset ja - väriset muovitulpatkin olivat omissa tulitikkuaskeissaan.

Eteisen kaapista löysin kenkälaatikon, jonka sisällä oli lehtileikkeitä. Niissä kerrottiin Miss Meri - kilpailun voittajasta Esteristä, äidistäni. Eräässä kuvassa hänen vieressään poseerasi tutun näköinen, tummahiuksinen mies, joka oli kiertänyt kätensä äidin hartioiden ympärille. Miehen kerrottiin lähtevän syksyllä vuodeksi Saksaan ja tuoreen missin arveltiin ikävöivän sulhonsa perään. Mies ei ollut isä. Valkoisen kauluspaidan hihat oli kääritty kyynärvarteen saakka. Miehen oikean silmän peittivät kiharalle kaartuvat hiukset. Äidillä oli kukikas mekko yllään ja hiukset oli kiedottu nutturalle. Nuoret seisoivat paljain jaloin rantavedessä ja katselivat toisiaan.

Eräänä yönä olin taas ajanut äidin talolle. Olin niin väsynyt, että menin pienimpään makuuhuoneeseen lepäämään. Sinne äidin kanssa sulkeuduimme isän hulluuden ja mustasukkaisuuden hetkinä, jos ulkona satoi tai oli pakkasta. Sängyn päällä oli villapeitto, johon äiti kääri minut vuosikymmeniä sitten, otti kainaloonsa ja sanoi, että ei ollut mitään hätää.

Huoneessa oli vanhoja lelujani. Anni oli leikkinyt niillä ollessaan mummin hoivissa. Sen jälkeen ne olivat jääneet vuosiksi unholaan. Huoneen korkuisessa antiikkikaapissa niitä oli varmasti lisää, mutta se oli lukossa. Ulko-oven vara-avaimen äiti oli piilottanut terassin kaiteen alle, joten kaapin avainkaan ei voinut olla kaukana. Hivelin kaapin sivuja ja työnsin sormeni sen takana olevaan rakoon. Avain oli naulassa reunariman kyljessä.

Hyllyillä istui nukkeja ja nalleja. Vuosia vieressäni nukkunut punalettinen mollamaija Anni ja nallevanhus Viljo. Lelujen takana huojui pino lautapelejä ja muovipusseihin tungettuja paperinukkeja. Niiden alle oli työnnetty ruutuvihkoja, erivärisiä tusseja ja puuvärejä. Kaiken sekamelskan alta pilkisti metallirasia. Tavaroita kolahteli lattialle, kun vedin sen esille. Värikyniä vieri ympäriinsä, ja pienen posliinikissan kaula katkesi sen pudottua parketille. Rasiassa oli nippu kirjeitä. Päällimmäisessä luki äidin nimi. Osoitteena Poste Restante. Postileima oli vuodelta 1982.

Rakas Esteri, olen pahoillani kaikesta tapahtuneesta. Tätä surua ja murhetta minun ei olisi pitänyt sinulle tuottaa. Minut tuotiin viikko sitten tänne Nokalle rikollisena rikollisten joukkoon, murhamiehenä murhamiesten joukkoon. Haluaisin kertoa sinulle, mitä sinä murheiden iltana tapahtui, en tiedä mitä tiedoksesi on saatettu.

Miehesi oli kutsunut minut palaveriin tehtaan epäselvien työvuorolistojen takia. Kun menin hänen huoneeseensa, huomasin hänen juoneen. Melkein tyhjä vodkapullo oli pöydällä. Kerroin hänelle suunnitelmani, mutta hän alkoi ivata minua ja sätti työntekijöitään. Olin jo poistumassa huoneesta, kun hän veti pöytälaatikosta aseen.

Ensin luulin, että hän ampuu minua, mutta hän käski minun istuutua takaisin tuolille häntä vastapäätä ja halusi meidän pelaavan venäläistä rulettia. Minun olisi pitänyt ampua ensin. En tahtonut. Erimielisyytemme johti käsirysyyn. Jäin hänen alleen ja hän takoi päätäni lattiaan. Revolveri oli pudonnut tuolin viereen. Sain sen käteeni ja ammuin näkemättä kunnolla mihin osuin, halusin pelotella häntä. Seuraavaksi näin lattialla elottoman hirviön, muistin käsiesi mustelmat ja itkeneet silmäsi. En tuntenut sääliä, en tuntenut mitään. Soitin itse poliisit, ambulanssia ei tarvinnut enää soittaa. Olen murhamies ja toisaalta en sitä tunne olevani. Ymmärrän, jos et koskaan anna tätä minulle anteeksi.

Selli on pieni ja karu. Vain sänky, pöytä ja jakkara. Seinällä on hylly ja ovensuussa palju. Kohta täällä sammutetaan valot, joten on pakko nyt lopettaa. Olin muutaman päivän vankilan sairaalassa sydänoireiden takia. Nyt olen tässä pikkuruisessa kopissa. Pimeässä selliin paistavat ulkoa tulevat valot. Kaiversin lusikalla seinään nimesi. Annoin sormeni kulkea kirjainten ylitse ja tun-

sin, miten istuit kainalossani, silitit kättäni. Esteri, rak-
kaani, pyydän sinulta anteeksiantoa, jota en ole ansain-
nut. Säilyt aina sydämessäni, ainoa elämäni valo.

Rakkaudella sinun Paavosi

Olkapäitä ja käsivarsia pisteli, niskaa puristi kipsi,
minua huimasi niin, etten uskaltanut sulkea silmiäni.
Suupielessäni nyki elohiiri, ja minun oli pakko sanoa
jotain ääneen, että ymmärsin olevani olemassa. En
keksinyt muuta. Sanoin Paavo. Se oli naapurin palloa
potkivan pyöreäkasvoisen ja kömpelön pojan nimi.
Paavoilla oli pystytukka ja pisamia naamassa. Ne olivat
hiukan ujoja, mutta samalla työnsivät itsensä esille ja
punastuivat aina, kun joku kysyi jotain koulusta tai
kavereista.

En ollut koskaan kuullut äidin suhteesta johonkin
Paavoon. Nuuhkin kirjettä, jossa haisi vain vuosien
pöly. En tunnistanut siitä työläisen hikeä, en parta-
vettä, joka saisi hetkeksi haukkomaan henkeä. Meillä
ei käynyt muita vieraita kuin isän liiketuttuja. Miten
tällainen Paavo oli voinut tunkeutua äidin elämään?

Sitten muistin loppukesän päivän, kun törmäsin
puutarhasta ruusuristikon takaa ulko-ovelle. Olin juos-
sut nauhusten ympärillä ja kyykistynyt poimimaan
kukkapenkkiin ilmestyneitä etanoita. Huomasin
samalla vieraan sedän pysäköivän autonsa mäen alle.

Minut nähdessään hän ojensi kätensä ottaakseen minut syliinsä. Olin hyppäämässä häntä kohti, mutta hän muutti mielensä ja tarttui minua kädestä.

— Soitetaanko yhdessä ovikelloa, hän kuiskasi.

Äiti sanoi, että tästä sedästä ei kerrota isälle. En koskaan puhunut asioita, joista äiti kielsi puhumasta, vaikka isä joskus sikaria poltellessaan alkoi kuulustella minua. Sedällä oli pieni suklaalevy ja lakritsia taskussa, ja hän kysyi, laitetaanko suut makeaksi. Leikin paperinukeilla ja söin makeisia, kun äiti ja setä joivat keittiössä kahvia.

Se oli ainoa kerta, kun muistan nähneeni tämän vieraan. Äiti hoiti minua kotona ja jätti minut harvoin tuttaville tai naapuriin. Tiistai-iltapäivisin hän sanoi menevänsä Martta-kerhoon. Istuin äidin ja isän sängyllä ja katselin äidin laittautumista. Hän näytti paperinukkeni prinsessalta ja aina iloiselta. Hänen poissa ollessaan leikin muutaman tunnin naapurissa. Hakiessaan minut sieltä äiti toi joka kerta minulle lahjan tai ainakin suklaalevyn. Yksi lahjoista oli mollamaijani Anni.

Oikaisin sängyn päälle. Yö puristi kylkiäni ja poskiani. Kirjenippu poltteli kädessäni, mutta en pystynyt avaamaan seuraavaa kuorta. Minun oli pakko saada edes hiukan nukutuksi. Vedin villapeittoa päälleni, kun kuulin ulkoa kolinaa. Oliko joku murtautumassa taloon? Sammutin valot ja kurkin verhonraosta kadulle. Hahmo vilahti jasmiinipensaiden takaa ovelle. Piilouduin kaapin ja ikkunaseinän väliseen rakoon. Siellä haisi auringon paahtama puinen kaappi ja vuosikymmenien mukana sen rakoihin tarttunut pöly.

Ovi avattiin, ja hetken päästä se kolahti kiinni. Eteiseen syttyivät valot. Tulija raahasi jotain perässään ja käveli kohti keittiötä. Olin jättänyt kattovalaisimen palamaan, joten tunkeutuja tiesi, että talossa oli joku. Rahina loppui, ja oli aivan hiljaista. Laskeuduin kyykkyyn. Reisiä puristi ja polvia kiristi. En uskaltanut liikahtaa. Hallissa käveltiin. Ehkä tunkeutujalla oli ase, jolla hän ampuisi minut kuin loukkoon ajetun rotan. Armotta ja säälittä. Tai sitten siellä kerättiin ryöstösaalista säkkiin. Parketin pinnalla kuului kahinaa, joka lähestyi ovea.

— Äiti? Oletko se sinä?

Anni auttoi minut nurkasta sängylle. Vedin jalat koukkuun ja yritin saada selän ja pakarat rentoutumaan. Kirjenippu oli levinnyt lattialle muiden tavaroiden sekaan. Anni alkoi poimia kuoria ylös.

— Mitä sinä raahasit sisälle?

— Toin muutaman pahvilaatikon säilytettäviä tavaroita varten.

Katselin Annia. Hän oli minun lapseni, vaikka joskus tuntui, että äiti oli viettänyt hänen kanssaan enemmän aikaa kuin minä. Avioeron jälkeen vetäydyin pitkiksi ajoiksi ulkomaille kirjoittamaan ja palasin Suomeen lopullisesti vasta vuosi sitten. Anni ja Petteri kasvoivat isällään ja olivat välillä mumminsa hoivissa. Minä en kuulunut vanhaan enkä uuteen perheeseeni. Vasta vuosia avioeron jälkeen huomasin muistuttavani äitiä. Olin muuttunut etäiseksi miehelleni, Annille ja Petterille. Oli helpompi olla jumissa yksinään kuin olla osa omaa perhettä. Vetäydyin työhuoneelle kirjoittamaan, söin viikonloppuisinkin lounasta lähiravintolassa ilman perheenjäseniä, palasin kotiin iltamyöhällä uimahallin kautta ja menin nukkumaan herätäkseni samaan yksinäiseen rutiiniin.

Mikään ei oikeastaan muuttunut avioerossa, kun Anni ja Petteri asuivat isänsä kanssa. Vaikeudet sulkivat mielemme. Niin minun kuin äidinkin. Menneisyys oli lajiteltu rasioihin, joissa sen saattoi paremmin hallita, kaivaa hetkeksi esille, työntää takaisin kaappiin tai heittää pois.

Anni istui viereeni sängylle. Ojensin hänelle kirjeen, jonka olin juuri lukenut.

— Lue!

Käskyni sai Annin otsan ryppyihin, ja odotin vastaväitteitä. Hän kävi kuitenkin pitkäkseen viereeni ja otti minua kädestä.

— Luetaanko äiti yhdessä?

— Luetaan vaan.

Käperryin Annia vasten. Olin lähempänä lastani kuin vuosikausiin. Anni luki ensin ääneen Paavon viimeisen kirjeen vankilasta ja sitten muut parin vuosikymmenen aikana tulleet kirjeet. Ulkona leijui elokuun pimeys. Pihalyhty valaisi tummuneen räystäskourun. Sen reunasta tippui sumun tiivistämä kosteus. Ensin yksi tippa, sitten muutaman tipan ketju. Ulko-oven vieressä olevassa ristikossa tuoksuivat vielä viimeiset vaaleanpunaiset neidonruusut ja nauhusten tähkät hehkuivat takapihalla kasaan lysähtäneen aidan edessä.

Anni luki, miten iloinen Paavo oli Esterin ja hänen yhteisestä tyttärestä ja miten hän odotti heitä luokseen. Paavo tiesi kouluun lähtemiseni, rippikouluni, ylioppilasjuhlani ja Amerikkaan matkustamiseni. Hän tiesi vesirokkoni ja flunssani, ruvelle juostut polvet ja oven väliin jääneet sormet. Hän kyseli toistamiseen, miten olin parantunut ja kasvanut. Hän tiesi todistukseni keskiarvon ja unelmani kirjailijan ammatista. Hän kertoi käyneensä koulun portin takana katsomassa, kun pelasin pesäpalloa, ja ladun varressa kannustamassa, kun jäin hiihtokilpailussa viimeiseksi.

Kirjeet luettuaan Anni alkoi nyyhkyttää. Hän painautui tiiviimmin minua vasten.

— Miksei mummi lähtenyt?

Miksei äiti lähtenyt, en tiedä. Anni itki hiljaa maailman pahuutta, ihmisten pelkoa, arkuutta ja täyttymystä vaille jäänyttä rakkautta. En pystynyt itkemään. En vielä. Halusin sanoa Annille, etten tiennyt hänestä asioita, jotka Paavo tiesi minusta. Olin jossain muualla, kun olisi pitänyt olla hänen luonaan. Minun oli muka helpompi yksin kuin heidän kanssaan. Niin oli ollut äidilläkin Paavon vankilaan joutumisen ja kuoleman jälkeen.

Pöytävalaisimen hehkulamppu alkoi säristä. Hetken sen sisällä oleva lanka hehkui voimakkaana, sitten himmeni ja rapsahti poikki. Huone pimeni ja Anni nukahti. Vedin villapeiton päällemme niin kuin äiti oli sen aikoinaan laittanut meidän päällemme. Anni oli ainakin tämän aamuyön lähelläni. Nyt minäkin saatoin nukkua, tässä hänen vieressään.

Vyökatu 4

Tuitu Mikkonen

Jätän kirjeen keittiön pöydälle voileipien ja termospullon viereen. Niin minä olen tämän ajatellut. Kirjoitin viestin valmiiksi viikko sitten. Tai onhan se ollut valmiina jo pitkään, täällä näin, pään sisällä. Taittelin ja pistin essun taskuun, siitä tuli muhkura. Muhkuran huomaa, jos osaa katsoa, mutta ei Unto osaa.

Ei se huomaa sitäkään, että syödään samaa ruokaa jo viidettä päivää. Paistan silakkapihvit ja keitän potut muusiksi. Unton lempiruokaa. Se ilahtuu, kun tirisevän voin ja silakan haju leijuu makuuhuoneeseen. Toriltako hait, se kailottaa keittiöön päin, ja jatkaa kiikarointia. Aina sitä. Käry leviää keittiöstä rappuun, eikä haihdu moneen tuntiin, vaikka kävisin avaamassa kaikki tuuletusparvekkeiden ovet selälleen. Naapurit päivittelevät sitten viiden aikaan kotiin palatessaan,

kun on niin kylmä. Nykyajan ihmisiä. Niillä on nyky-
ajan ruoat ja liesituulettimet.

Huikkaan Untolle, että kohta syödään. Se on yksi
tapa muiden joukossa. Lautaset ja lasit tiskikaapista.
Haarukat ja veitset ylälaatikosta. Talouspaperirullasta
kaksi palaa, yksi kummallekin. Keltaruskeat vaahteran
lehdet kiertävät paperirullan reunoja. Kuvat vaihtuvat
vuodenajan mukaan, ennen oli vain valkoista.

Koko ajan nousee mieleen, että viimeinen kerta.
Tutut liikkeet hellan, ruokapöydän ja jääkaapin välillä.
Tutut äänet. Ylälaatikko hankaa vastaan, tuuppaan ja
se lonksahtaa kiinni. Kerniliinan tuntu kämmenen
alla. Viistävä ääni, kun silitän murut kämmenelle. Ei
tässä ole mitään erilaista. Kopautan kauhaan tarttuneet
perunamuusin kokkareet kattilaan, puukauha ja teräs-
kattilan reuna osuvat yhteen kolme kertaa. Nyt haen
Unton.

Makuuhuoneen ikkunan edessä tuttu selkä, mutta
kumaraan painunut. Ennen se oli iso mies ja siihen
minä rakastuin, turvalliseen. Tuo villapaita sillä oli jo
tänne muuttaessa. Valokuvassa Unto seisoo tytär kai-
nalossa porttikongin edessä, muuttolaatikoita molem-
min puolin. Meidän pieni perhe ja uusi koti. Taru oli
silloin koulua aloittamassa, sai oman huoneen. Unton
villapaidan tuoksun tulen muistamaan aina.

Tarpeeksi katsottuani menen sen viereen, kosketan kyynärpäätä, sitä, jonka paikkasin nahkalapulla. Unto hätkähtää ja katsoo niin kuin vierasta, mutta hetken päästä se tunnistaa. Hymyilee ja sanoo nähneensä tytön kadulla reppu selässä. Kysyn, oliko punainen reppu.

Unto nostaa kiikarit uudelleen silmilleen, säätää tarkkuutta ja antaa katseen kulkea pitkin muuria. Puolipäivä, mutta hämärää. Minä näen ikkunasta vain muurin ja harmaan taivaan, ja kaiken sen harmaan keskellä kappelin katon kulmalla valaistun ristin. Ne yrittää kohta yli, Unto sanoo. Vastaan, ettei ne ruokatunnin aikana kumminkaan tule. Turha selittää, että vankilan tilalla on hotelli. Kaikki on muuttunut. Vaikea sitä on minunkin tajuta.

Muurin päälle lehahtaa varis ja Unton pelko unohtuu. Linnuista se on aina tykännyt. Kiikarit hankittiin sen takia, kun se ei enää päässyt rantaan lokkeja katsomaan. Menemme käsikynkkää keittiöön, minä ja minun mieheni.

En saa syötyä juuri mitään, mutta Untolle maistuu. Tein tuplamäärän tänään, kun ajattelin, että Unto voi syödä loput illalla. Hyvittelyä tämä on, kyllä minä sen tajuan. En minä sille mitään pahaa halua. Hyvää vain, mutta en jaksa sitä enää itse antaa.

Ikkuna on raollaan ja liikenteen äänet kantautuvat keittiöön. Äkkiä auton jarrujen kirskahdus, tööttäys, ripeitä askelia. Unto katsoo minuun hätääntyneenä.

— Ne ajoi Tarun päälle!

— Älähän nyt, hyssyttelen. — Tyttö on turvassa, ihan turvassa. Otatko vielä muusia?

Unton huomio kiinnittyy lautasen kaapimiseen ja hätä unohtuu. Hyvä muisti, mutta lyhyt. Muistot pulpahtelevat pintaan milloin mistäkin ärsykkeestä, mutta painuvat saman tien uppeluksiin, kun Unto saa jotain muuta ajateltavaa. Minun muistoni ovat styroksilevy. Ne eivät uppoa, vaikka haluaisin. Muistini on valkoinen lautta, joka kuljettaa minua ja pientä tytärtäni, punaista reppua ja kumisaappaita. Muistan oven taakse ilmestyneet kukkakimput, vaaleanpunaisia neilikoita. Naapurit eivät puhuneet mitään, ja talonmies suihkutti ja harjasi asvaltin. Unto kävi siitä sanomassa, kun minä en voinut. Ilman Untoa en olisi selvinnyt. Ilman Untoa en selviä. Unto on poissa. Meinaa itkettää.

Lusikka raapii lautasta. Unto kiittelee ruoasta ja sanoo, että on palattava hommiin. Työmaaruokalassako se taas? Tiskaan astiat muutamalla harjan pyöräytyksellä valuvan veden alla, sitten talutan miehen makuuhuoneeseen. On päivätorkun aika. Kiikari jää odottamaan ikkunalaudalle, kun peitän Unton viltin alle ja pörrötän harmaat suortuvat. Niin kuin minä olen sen ajatellut.

Kahvinkeitin pulputtaa ja levittää lämpimän tuoksun keittiöön. Ehdin hörppiä kupillisen samalla kun laitan pöydän valmiiksi. Termos, voileivät, kirje. Jätän kuoren auki. Sen päällä on Unto tikkukirjaimin, niitä se vielä lukee. Silakkapihvit ja muusinloppu saavat jäädä tiskipöydälle lautaselle, kyllä ne iltaan säilyvät. Jääkaappiin Unto ei kuitenkaan muista katsoa.

Ripustan essun naulaan ja huuhtaisen kahvikupin omalle paikalleen tiskipöydälle. Omalle paikalle, miksi se tuntuu tärkeältä, vaikka olen lähdössä?

On aika. Matkalaukku odottaa valmiina naulakon alla. Se on uusi, ostin Stockmannilta alkuvuodesta. Tiesin, ettei Unto sitä hoksaa. Poplari, huivi, baskeri. Hansikkaat. Katson vielä kerran ympärilleni. Kyyneleet tulevat, ihan niin kuin arvelin. Hei hei, Vyökadun koti.

Rappukäytävän valo näyttää kirkkaasti vasta kun olen ulko-ovella. Tähän aikaan päivästä ei ole muita kulkijoita. Porttikongissa kaikuu, se saa matkalaukun muovisten pyörien kehräyksen kuulostamaan jylinältä ja kenkieni kopinan laukauksilta. Huimaa, mutta hetki on nopeasti ohi. Metalliportti kolahtaa. Olen kadulla.

Matkalaukku pomppelehtii perässäni, kun ylitän katukiveyksen, autotien ja vastapäisen katukiveyksen.

Varikselle on kaksi kaveria. Muurin päältä ne katsovat kulkuani, kurottelevat kaulaansa.

Asvaltilla laukku rullaa sileästi, mutta muurin sisäpuolella puistossa on hiekkakäytäviä. Sitä en ollut ajatellut. Onneksi minulla on vain vähän tavaraa ja matka on lyhyt, jaksan kantaa laukun. Vastaan tulee joukko turisteja kameroiden kanssa. Ne ottavat kuvia muurista ja variksista, koirankakkapussitelineistä ja kappelin rististä. Se on jotenkin isompi ja kirkkaampi nyt. Tai ehkä kuvittelen. Kukaan ei kiinnitä huomiota minuun.

Vastaanottovirkailija löytää nimeni varauskirjasta heti.

— Ikkuna Vyökadulle päin, niinhän se oli?

Nyökkään, allekirjoitan matkustajalomakkeen. Virkailija toivottaa mukavaa oleskelua Hotel Katajanokassa ja viittoo minulle reittiä pöytänsä takaa. Lähden vetämään laukkua perässäni. Käytävän kokolattiamatto upottaa, matka tuntuu pitkältä. Kuuluuko supinaa?

Huoneen ovella alan vapista ja on vaikea osuttaa avainkortti lukon kapeaan aukkoon. Kuulen lähestyviä askeleita. Pakokauhu. Tähänkö tämä tyssää?

Loksahdus, pieni ruutu lukossa muuttuu vihreäksi. Riuhdon oven auki, astun huoneeseen, laukku kolisee ovenpieliä päin. Ovi paiskautuu omalla voimallaan kiinni, ja voin tempoa pari hengenvetoa. Verhot ikkunan eteen. Heitän ulkovaatteet mytyksi lattialle ja haparoin sänkyyn täkin alle. Mitä minä olen mennyt tekemään?

On rauhoituttava. Olen päässyt jo näin pitkälle. Puristan silmät kiinni, pakotan itseni hengittämään. Hengitän. Pitää levätä vähän. Uni tulee aivan pian, kyllä se tulee. Se lähestyy keinuvalla lautalla, se vie minua mustaa virtaa pitkin, ja kun keikun tarpeeksi kauan mukana, filmi katkeaa.

En näe unia. Herättyäni tavoittelen pöytälampun katkaisijaa, että näkisin rannekellon viisarit. Vartin yli viisi. Vyökadulla naapurit palaavat työpaikoiltaan. Onkohan rapussa vielä silakan käry? Tunnekuohu on ohi.

On edettävä suunnitelman mukaan. Pengon vaate-kasasta takin ja sen taskusta ruutupaperin, puhelinnumerot. Vessasta löytyy pahvirasiasta ohuita paperisia kasvopyyhkeitä. Sormet tärisevät, kun näppäilen pöytäpuhelimesta oikeat numerot. Nolla pitää ottaa ensin, että pääsee soittamaan ulos. Puhelin hälyttää pitkään, oliko kuitenkin väärä numero?

— Sosiaalipäivystys, kuinka voin auttaa?

Vihdoin. Kiedon paperiliinan tiiviisti luurin ympärille, niin kuin filmeissä tehdään.

— Jättäisin huoli-ilmoituksen vanhuksesta.

— Anteeksi, kuuluu kovin epäselvästi.

Toistan kovemmalla äänellä.

— Olisiko huono kenttä? Onko akuutti asia? Ei-akuutissa teidän tulee ottaa yhteyttä vanhuksen asuin-alueen vanhuspalveluun virka-aikana eli huomenna.

— On akuutti. Muistamaton vanhus yksin kotona.

— Mutta aiheutuuko jokin välitön vaara, esimerkiksi tulipalo tai että lähtee ulos ja eksyy?

En muista Unton käyttäneen koskaan hellaa. Eikä hän ole poistunut asunnosta vuosiin. Jalat eivät kanna niin että pääsisi rapuista.

— Juu, molemmat. Sieltä tulee vahva ruoankäry. Kuljeksii rapussa öisin, potkii ovia.

Tuntuu pahalta keksiä tällaista Untosta.

— Onko omaisia?

— Ei ole. Tai tytär on kuollut.

Linjan toiseen päähän tulee hiljaista. Sanoinko liian nopeasti? Tauon jälkeen sieltä onneksi jatketaan:

— No jos saisi niitä yhteystietoja, niin käymme katsomassa illan aikana.

Sanon Unton nimen ja osoitteen, sen, joka tuntuu edelleen omalta. Valehtelen olevani naapuri neljännestä kerroksesta. Se on tuskin koskaan kotona.

Puhelun päätyttyä tulee itku häpeästä ja surusta ja helpotuksesta. Ei Unto kärsi, sanon itselleni. Eihän se edes tunne minua enää. Kirjeeseen laitoin, että olen lähtenyt tytön kanssa viikonlopuksi mummolaan. Ne reissut se muistaa.

Itkua riittää pitkään. Siitä tulee pää kipeäksi ja nälkä. Plärään pöydälle aseteltua nahkakantista mappia, ravintolan ruokalistaa, Helsinki-oppaita.

Huonepalvelu tuo munakkaan ja teetä. On huolehdittava syömisestä, jos aion päästä täältä. Avaan telkkarin. Käyn läpi matkalaukun sisältöä, vaikka tiedän sen muutenkin. Yöpaita ja hammasharja, vaihtovaatekerta. Sukan tekele ja valokuva. Laivayhtiön esite. Uudet kiikarit kotelossaan ja taskulamppu. Ostin ne samalla reissulla kuin matkalaukun.

Vihdoin tulee ilta. Voin sammuttaa valot ja vetää verhot sivuun. Vyökadun taloja ei juuri näe pimeän seasta, vain muutamia valaistuja ikkunoita siellä täällä. Tunnistan niiden joukosta makuuhuoneen ja Unton seisomassa ikkunan edessä, tietenkin tunnistan.

Hotellihuone on juuri sopivassa kohdassa. Katselen kiikareiden läpi Untoa, joka kiikaroi takaisinpäin. Unton pää kääntyilee, kun sen katse kulkee pitkin muurin harjaa, oikeaan, vasempaan. Ikkunalaudalla on termospullo ja tyhjä lautanen. Se on muistanut syödä.

Vilkautan taskulampulla kolmesti. Unton liike pysähtyy, alkaa sitten hakea oikeaa kohtaa. Katseemme kohtaavat, hetkeksi.

Unton huomio kohdistuu jo muualle, muuriin, taivaalle. Hei hei, mieheni! Olen täällä ikkunassa niin kauan, että sinun luoksesi tullaan. Sitten lähden. Niin minä olen tämän ajatellut.

Rouva

Sanna Hirvonen

Se oli ensimmäinen kerta, kun kävin niin vanhassa ja arvokkaassa talossa.

Heti sisäänkäynniltä alkoivat portaat, joita peitti punainen matto. Nimet oli kirjoitettu kehystettyyn tauluun koukeroisella käsialalla. Andersson, Hildén, Koskimies.

Tulimme aulaan, josta alkoivat toiset, entistä komeammat portaat. Kiiltävä kaide kieppui kerroksesta kerrokseen. Suuret ikkunat antoivat sisäpihalle.

— Perillä keitetään auttajalle kahvit, rouva sanoi.

Hän kulki edelläni suurena ja hitaana kuin valtamerilaiva. Vaalean crimplene-takin alta pilkotti ruskea hame.

Olin tarjonnut apua, kun hän laskeutui raitiovaunusta ostoskasseineen. Olimme kävelleet vankilan punatiilisen muurin viertä talolle.

Nyt nousin portaita rouvan perässä ja kannoin kassia ja leivoslaatikkoa. Joka kerroksessa pysähdyttiin tasaamaan hengitystä. Oli lämmin, vaikka oli jo syyskuu.

Vilkaisin rannekelloani.

— Ei kai sinulla kiire ole? rouva kysyi.

— Ei.

Eteinen oli valtava. Rouva sytytti erivärisistä lasinpaloista tehdyn lampun, joka seisoi lipaston päällä.

— Käy taloksi, hän sanoi, laski avaimet lampun juurelle ja katosi ostoksineen kapeaan käytävään.

Kuului katkaisijan napsahdus, ja valo syttyi jossain kauempana.

Seinällä pöytälampun ja puhelimen yläpuolella komeili kultakehyksinen peili. Sen molemmin puolin oli ripustettu pieniä tauluja ja muita taidetavaroita, kuivakukkia ja messinkikelloja.

Vilkaisin peiliin. Näytin vaatimattomalta keltaisessa kesähameessani ja valkoisessa nailonpaidassani. Tukan olin sutaissut niskasta kiinni puupampulalla, ja olalla roikkui kassi, jossa oli ruutuvihko ja kynä. Kansanterveystiede alkaisi kymmenen minuutin päästä. Päätin, etten menisi.

Puhelin sentään oli samanlainen kuin meillä kotona, vaikka erivärinen. Koskettelin numerolevyn pyöreitä reikiä. Tästä voisin soittaa kaukopuhelun. Olisivatkohan ne kotona?

Kun rouvaa ei kuulunut takaisin, kurkistin pariovesta viereiseen huoneeseen. Astuin varovasti peremmälle.

En ollut tiennyt, että jotkut asuivat näin. Tummat tapetit, raskaita verhoja, riippuvia tupsuja ja kristallikruunu. Seinillä maalauksia ja valokuvia. Taulut tulvivat viinirypäleitä, appelsiineja, ammuttuja lintuja ja jäniksiä. Viinilaseja ja ylikypsiä kukka-asetelmia. Salin yhtä seinää vartioi suunnaton kirjahylly, jossa ruskeat nahkakantiset kirjat häämöttivät lasiruutujen takana. Toisella seinustalla seisoi musta piano, jonka etumuksesta sojottivat messinkiset kynttilänjalat.

Salissa tuoksuivat vanha puu, vanhat kirjat, puhdistusaine ja vieraan hajuinen tupakka. Huomasin ruskeat natsat sohvapöydän tuhkakupissa.

Kuviollinen matto oli yhtä suuri kuin Leenan ja minun yhteinen asuntolahuone. Päivänvalossa erotin imuroinnin jäljet sen pinnassa. Olisiko pitänyt riisua kengät? Otin kiinantossut pois ja vein ne eteiseen lipaston vierustalle. Vedin sukassa olevan reiän piiloon jalkapohjan puolelle.

Nojatuolien kullankeltainen samettiverhoilu tuntui juhlavalta käteen. Kasveja oli ikkunoilla, lattioilla ja erityisillä kukkapylväillä, pölyä ei missään. Huoneen nurkassa kohosi kiiltävä vihreä kakluuni.

— No niin, kuului ovensuusta.

Rouva pujotteli huonekalujen lomitse sohvapöydän luo ja laski helisevän tarjottimen käsistään. Kahvi höyrysi hopeakannussa.

Rouva nyökkäsi kohti samettisia tuoleja ja kaatoi juomaa ruusukuppeihin.

— Istumaan. Sokeria?

Pudistin päätäni. Rouva otti kaksi palaa.

Jalallisessa lasiastiassa oli lusikkaleipiä. Ne toivat mieleen lakkiaiset. Mutta hopeavadilla röyhelöisen paperin päällä oli tarjolla jotakin, mitä en tuntenut ennestään. Pitkulaisten leivonnaisten pintaa peitti kiiltävä suklaa.

— Ole hyvä ja ota, rouva sanoi.

Tartuin hopeiseen kakkulapioon ja nostin yhden pötköistä lautaselleni. Käsi tärisi ja leivos huojui.

Syötiinkö tällaista käsin vai lusikalla?

Rouva haravoi silmillään pöydän pintaa ja sanoi:

— Haarukat jäivät.

Hän otti leivoksen käteensä. Tein samoin.

Leivonnainen oli yllättävän painava, kuin rahakukkaro. Nostin sen huulilleni ja näykkäsin varovaisen palan. Suklaa tarttui ylähuuleen ja kulkeutui kitalakeen. Rasvainen taikina ja vanilja levisivät kielelle. Leivos olikin täytetty vanukkaalla.

Tumma kaappikello raksutti seinällä.

Kun leivoksen kylkiä puristi, paksun vaniljakiisselin näköinen täyte pullistui ulos kuin pieni keltainen kieli. Se sai omankin kieleni kutiamaan. Livoin varovasti huuliani.

Äkkiä muistin, missä olin. Suljin suuni ja vilkaisin rouvaa. Hän oli jäänyt tuijottamaan minua.

— Jatka vain.

Laskin leivoksen nolona lautaselleni.

— Ei, ihan tosissaan, purista lisää, rouva sanoi.

Vääntelin käsiäni hameenhelmassa ja koetin hymyillä. Hamusin kahvikupin käteeni.

— Toivoisin, että puristaisit vielä.

Hengitin syvään ja poimin leivoksen uudelleen käteeni. Rouvan silmät seurasivat.

Raitiovaunu kolisteli ohi, kun laskeuduin Linnankadun kulmaan. Kitalakeen oli jäänyt vaniljainen rasvakalvo.

— Tämä oli mukava kohtaaminen, rouva oli sanonut eteisessä, kun oikaisin selkäni saatuani tossujen remmit kiinni.

— Niin. Kiitoksia tarjoiluista, vastasin.

Rouva katsoi minua tiiviisti ja sanoi:

— Sinä ymmärrät hyvän päälle. Se on harvinaista.

En ollut varma, mistä hän puhui. Olinko ollut liian ahne?

Rouva jatkoi:

— Tulisin kovin iloiseksi, jos tahtoisit tulla uudelleenkin. Jos voisit joskus —

— Kyllä varmasti voin joskus —

— Joisimme kahvit. Sopiiko ensi viikolla, tiistaina?

Sillä tavalla rouva nappasi minut kuin kärpäsen ilmasta.

***

Kiiltävä kakkuveitsi upposi marjakupoliin. Terä laskeutui alas ja teki lasitettuihin vadelmiin suoran viillon. Toinen viilto. Rouva leikkasi suuren palan. Punainen hyytelö ja kellanvaalea kreemi hytisivät, kun teräväkanttinen pala siirtyi posliinilautaselle ja aloitti matkansa eteeni.

— Pidät kai vadelmista? rouva kysyi.

— Pidän.

Marjat hehkuivat kiiltävän hyytelön alla. Hopeiset ottimet välähtivät, kun rouva siirsi toisen kakkupalan omalle lautaselleen.

Hän lorautti kermaa kahviinsa. Tällä kertaa minäkin otin palan sokeria.

Ajattelin äitiä ja isää pienen pirttipöytänsä ääressä. Äitiä hämmentämässä hopeateetään, isää puhaltelemassa kahviinsa. Sokeria ei käytetty eikä makeaa tarjottu, vesirinkeli riitti.

Kosketin kakkua lusikalla. Kreemi hetkahti. Se oli iloinen hetkahdus. Töytäisin uudelleen kovempaa.

Rouva nauroi.

— Töni, töni vain!

Hyytelön pinta värähti, kun läpsäytin sitä lusikalla. Kaapaisin kakun reunasta palan ja työnsin kiiltokuorrutetun vadelman suuhuni. Se vapautti kielelle kesän maun. Aurinko, loma. Suljin silmäni.

Kun avasin ne, rouva katsoi minua.

Hän nosti kätensä poskelleen ja liu'utti sen alas kaulaan.

— Miltä se mahtaisi tuntua?

Tuijotin rouvaa. Tarkoittiko hän sitä, mitä luulin?

Nostin lautasen käsiini. Hän nyökkäsi.

Hamusin marjahyytelöä suuhuni.

Hän katsoi kiinteästi.

Vadelma tuoksui. Puskin poskeni kakkuun.

Nuolin vaniljaa suupielestä. Painoin kakun vasten kaulaani, voitelin itseni kreemillä. Marjahyytelö putoili tytisevinä möhkäleinä hameelle ja matolle.

Hätkähdin. Olinko liioitellut?

— Ei huolta, rouva sanoi. — Ei mitään hätää. Aune siivoaa.

Hän otti käteensä uuden lautasen ja kysyi:

— Otat kai lisää?

***

Kaksi viikkoa myöhemmin seisoin salin ikkunan ääressä ja katsoin ulos. Kuulin, miten rouva liikkui jossain takanani. Tulitikku syttyi toisella raapaisulla. Krahahdus, syttymisen sähinä ja humahdus. Tuoksu. Meillä kotona kynttilät liittyivät jouluun, rippijuhliin ja hautajaisiin, mutta täällä ne kuuluivat mihin tahansa juhlahetkeen. Kahvi lorisi kuppeihin. Suuri ikkunalauta oli viileä. Oli lokakuu.

Olin nähnyt munkit tullessani. Kurinalainen pino kohosi keskellä pöytää suurella tarjoiluvadilla. Alimmassa rivissä kuusi vierekkäin, niiden päällä viisi, sitten neljä. Toiseen suuntaan kolme, sitten kaksi, sitten yksi. Se oli kellontarkkaa työtä, kuin herkkukauppojen appelsiini- ja säilykepurkkipyramidit elokuvissa.

Munkkien päivettynyt pinta, johon pienet sokerikiteet olivat tarttuneet. Jokaisessa munkissa täsmälleen keskellä kylkeä pitkittäinen viilto, johon oli pursotettu kermavaahtoa. Niiden täytyi olla painavia. Kuin kaloja, jotka kantoivat vatsassaan vaahtolastia. Maitia tai mätiä, rasvaista maitonuoskaa. Kuvittelin, miten munkit olivat saapuneet matkalaukun kokoisissa, täyteen pakatuissa leivosrasioissa. Kuka ne oli tuonut, kuka asetellut tarjolle? Ehkä kaupungin konditorioissa työskenteli ammattimaisia munkinlatojia.

Kadun toisella puolella muurin ja piikkilangan takana seisoi valkoinen kappeli. Se oli kuin hääkakku, oudon mahtaileva rakennus niin pienelle pihalle. Taustalla levittäytyivät punatiiliset rakennussiivet kalteriikkunoineen.

Myöhemmin pöydässä rouva käsitteli munkkeja hopeisilla pihdeillä. Hän nosti niitä lasilautasille. Eteeni laskeutui munkki, sitten toinen ja kolmas.

— Miten opinnot sujuvat? rouva kysyi.

— Oikein hyvin.

Miksi hän viivytteli joutavuuksissa, vaikka edessämme oli tällainen monumentti?

Vilkaisin leivonnaisten vuorta, josta nyt oli katkaistu terävin huippu. Se näytti aumalta naapurin Väärälän pellolla. Sokerijuurikkaat kasattiin valtavaksi pitkulaiseksi kummuksi odottamaan kuljetusta tehtaalle. Siellä niistä tehtiin valkoista sokeria, joka ajettiin pääkaupungin hienoihin leipomoihin. Siitä valmistettiin kakkuja, torttuja, pikkuleipiä ja munkkeja.

Valkoiset sokerikiteet ja sotilaallisen ryhdikkäät kermavaahtopursotukset häilyivät näkökenttäni laidalla.

— Tilasin meille munkkeja, rouva sanoi lopulta.

— Niin, henkäisin. — Aika suuren määrän.

— Maistetaanpa.

Munkki oli pullea ja pehmeä kuin pienen lapsen käsivarsi. Sokerikiteet ripisivät lasilautaselle. Ne tarttuivat sormiin, tarttuivat poskeen, kun siirsin hiuksia sivummalle.

Puristin leivonnaista, kermavaahtoa pursui. Nuolin sen pois. Vehnätaikina jauhautui hampaissa, kieli lipoi kermaa ja sokeria suupielistä. Heräsi ajatuksia kermamunkista puristuksissa. Muuallakin kuin suussa. Ajatuksia valkoisista roiskeista.

Vilkaisin rouvaa.

Rouva nyökkäsi.

Mille? Katsoin ympärilleni.

— Kyllä, hän sanoi ääneen. — Kokeile vain.

— Mitä?

— Sitä, mitä ajattelit.

Alavatsassa kiepsahti.

En voisi.

Voisin.

Riisuin neulepaitani. Hiukset kipinöivät sähköisinä. Purin huultani ja sormeilin puseroni alinta nappia. Vilkaisin rouvaa.

Rouva nyökkäsi.

Napitin puseron auki, asettelin sen tuolin selkänojalle ja istuin hetken hiljaa.

Odotus sykki poskissa, kaulassa, rinnassa. Alhaalla vatsassa. Minun tuli kuuma, vaikka salissa oli viileää.

Rouvan silmät olivat kaventuneet viiruiksi kuin kissalla. Ne seurasivat minua.

Asetin munkin varovasti vasempaan kyynärtaipeeseeni kermainen viilto ylöspäin ja koukistin käsivartta sen verran, että se pysyi paikallaan. Koukistin lisää. Munkki puristui, vaahto pursui iholle, hilloa roiskahti esiin.

Katsoin rouvaa.

Hän hymyili.

— Jatka vain.

Ja minä jatkoin. Puristin munkin kainaloon. Puristin rintojen väliin.

Rohkaisin mieleni ja nostin kaksi lasilautasta matolle.

— Ahh, rouva sanoi ja korjasi asentoaan pystympään.

Hänen silmänsä seurasivat, kun riisuin hameen ja sukkahousut pianotuolille. Munkit lautasilla kohoilivat hengityksen tahtiin. Kohoilivatko? Ehkä ne olivat vain silmäni, joihin veri tuntui pakkautuvan. Sydämenlyönnit kaikuivat silmämunissa.

Sokerirakeet rapisivat, kun laskin jalkani päkiäosan munkille.

Katsoin asetelmamaalausten pinkeäkuorisia rypäleitä ja kiiltäviä viinilaseja. Jotta viiniä saatiin, rypäleet oli rikottava, mehun roiskuttava.

Painoin hellästi. Kevensin puristusta, ennen kuin lisäsin painoa hitaasti. Astuin munkille koko jalalla. Kerma tursui varpaiden välistä. Pehmeä, tahmea, liukas leivonnainen massahti. Poljin uudelleen. Kermaa roiskui matolle.

— Tämä on vähän sotkuista, aloitin.

— Ei haittaa, rouva sanoi. — Sotkut siivotaan.

Poljin ja painelin. Kipristelin varpaita. Märkä vehnätaikina leipoutui niiden väleihin tiiviiksi massaksi. Ripottelin sitä matolle lautasen viereen.

— Ota toinen. Ota useampi, rouva sanoi.

Puristin, puristin ja puristin. Kermaa roiskui. Iltapäivä ikkunan takana hämärtyi.

Kermaa hieroutui reisistäni rouvan leijonankeltaisiin tuoleihin.

— Ei haittaa, rouva toisteli. — Aune siivoaa.

***

Valot heijastuivat vitriinien lasista ja messingistä. Ympäriltä kuului vaimeaa puheensorinaa. Seisoin kahvilan palvelutiskin ääressä ja katsoin leivoksia. Tuhatlehtiä, aleksanterinleivoksia, perunaleivoksia. Samppanjakorkkeja — outoja tatteja, jotka tyrkyttelivät näytille paksuja, kosteutta tihkuvia jalkojaan.

Taskussa käteni puristi avainta. Peukalon pää kulki edestakaisin ja tutki hammastusta yhä uudelleen. Näkivätkö kaikki, millä asialla olin? Toisessa taskussa arvohuoneiston avain, toisessa nahkainen kukkaro, jossa oli enemmän rahaa kuin minulla oli koskaan ollut. Hakemassa ties mitä.

Kun vuoroni tuli, valkohilkkainen neiti etsi paperin kansiosta ja juoksutti etusormeaan alas käsin kirjoitettuja rivejä.

— Ellen Svinhufvudin kakku. Unelmatorttua, kolme. Viisitoista samppanjakorkkia. Kaksikymmentä bebe-leivosta. Kaksikymmentä madeleinea. Eikö niin?

— Niin, varmasti, sopersin.

Vilkaisin ympärilleni. En ollut odottanut, että ne sanottaisiin ääneen, kaikkien kuullen!

Myyjä poistui noutamaan ostoksiani. Hän palasi hetken kuluttua kantaen viittä suurta leivoslaatikkoa.

Kaivoin kukkarosta violetteja seteleitä yksi toisensa jälkeen. Ne olivat kuin vieraan maan rahaa, en ollut koskaan pitänyt kädessäni näin monta kerralla. Ojensin setelit vapisevin käsin neidille, joka ei näyttänyt olevan niistä millänsäkään. Hän laski rahat ja antoi paasikiven ja pari kolikkoa takaisin. Myttäsin ne nopeasti kukkaroon. Minua huimasi.

Pakkanen nipisteli kuumenneita poskiani, kun astuin kahvilan valosta ulos hämärään.

Oi, jos oisit kultaseni soker'palanen —
Radion rahiseva ääni kuului lasilampun valaisemaan eteiseen.

Laskin leivoslaatikkopinon puhelinjakkaralle ja riisuin takin ja saappaat. Kurkistin salin ovesta.

Rouva kääntyi katsomaan minua tuolistaan kakluunin juurelta. Hän oli kuin kakluuni tai antiikkinen kaappi itsekin, niin suuri ja jykevä. Hän laski ristisanatehtävän käsistään ja ojentautui pystympään.

— Sieltähän sinä tulet!

Hän taputti tuolinsa käsinojaa, joka oli jälleen tahraton.

— Tule, istu, kerro minulle, millaista siellä oli.

Istuin ja kerroin.

— Ja sitten sinulle sanottiin, mitä kaikkea tilauksessa oli. Mitä ajattelit siitä?

— Ajattelin että... hyvänen aika, miten suuri tilaus.

— No mutta totta kai kunnon tilaus! Mitä ajattelit bebeistä? Mitä ajattelit samppanjakorkeista?

— En minä osaa... en minä viitsi sanoa.

Rouva hymyili tyytyväisenä.

***

Kun seuraavan kerran avasin oven omalla avaimellani ja astuin eteiseen, joku seisoi keittiöön johtavassa kapeassa käytävässä. Komeron ovi oli auki, ja nainen nosteli tavaroita lattialta sen sisuksiin. Ämpäri, riepuja, pesuainepulloja, sinipiika. Hänellä oli hiustensa suojana sinikukkainen huivi ja yllään oranssikuvioinen kotitakki. Hän oli rouvan ikäluokkaa, ainakin kuusissakymmenissä. Kasvot olivat selväpiirteiset ja meikittömät.

— Päivää, hän sanoi.

— Päivää, vastasin ja sain viime hetkellä estettyä itseäni niiaamasta.

— Ei kestä kauan.

— Ei hätää, sanoin.

Ei hätää. Sanoin samoin kuin rouva. "Ei hätää, Aune siivoaa."

Aune järjesteli hetken välineitään ja painoi sitten kaapinoven kiinni.

— No niin, hän sanoi, käänsi minulle selkänsä ja poistui keittiön suuntaan.

Ripustin takkini naulakkoon. Vuori oli kahdesta kohtaa revennyt. Aune oli varmasti nähnyt sen täällä ollessani. Epäilemättä olimme olleet täällä yhtä aikaa ennenkin. Aune näki kaiken.

Huuhtelin pakkasen kangistamia sormiani kylpyhuoneen hanan alla ja odotin eteisessä, kunnes kuulin palvelijanportaan oven kolahtavan keittiössä.

Salissa rouva istui tutulla paikallaan kakluunin edessä ja poltti pikkusikaria. Savu kiemurteli maalausten ja kultatupsujen vaiheilla.

— No mutta, hän sanoi. Tervetuloa!

— Istu mihin vain, hän jatkoi ja teki kädellään vieraanvaraisen eleen.

Istuimia oli huoneessa paljon. Neljä kultasamettista tuolia ja samanvärinen kaareva sohva, seinustoilla yksittäisiä raitakankaisia tuoleja, kuusi tuolia toisen pöydän ääressä. Pianojakkara.

Silmäni kiersivät jokaisen tuolin, mutta en löytänyt ratkaisua. Joka ainoalla istuimella oli täytekakku, sohvalla peräti kolme. Kaksi kakkua lepäsi matalalla sohvapöydälläkin.

Seisoin neuvottomana matolla.

— Valitse vain vapaasti, rouva sanoi.

— Mutta entä kakut? Siirretäänkö — ?

— Ei. Valitse vain, mikä tuntuisi mukavalta.

Ymmärsin.

Tuli ensin kylmä ja sitten lämmin. Tuli kuuma.

Toisten kakkujen pinnalla oli sileä kinuski, toiset olivat suklaalla kuorrutettuja, osan päällä oli marjoja, mantelilastuja ja kermavaahtoa korkeina kinoksina. Matolla lepäsi suunnattomia tarjottimia täynnä lasilautasille lastattuja unelmatorttuviipaleita. Pitkän lipaston ja pianon päällä oli kymmeniä marjatorttuja ja perunaleivoksia.

Seinustojen pyöreäkupuiset lamput loistivat lämmintä valoa, ja kattokruunun kristallit säihkyivät. Valot heijastuivat ikkunoista.

Rouva huomasi katseeni.

— Haluaisitko sulkea verhot? Tulee niin aikaisin pimeä.

Kävelin ikkunoiden luo, vapautin verhot tupsunyöreistään ja suljin ne. Yksi, kaksi, kolme ikkunaa.

Kun olin tehnyt kierrokseni, rouva kysyi:

— Mikä paikka miellyttäisi?

Seisahduin ja osoitin kullanväristä sohvaa, jolle oli asetettu riviin kolme kinuskikakkua.

Rouva hymyili kissanhymyään.

— Oikein hyvä valinta, hän sanoi.

Huolella pursotettu, ryhdikäs kermavaahto, lupaus samettisuudesta, kinuskin liukas rasvaisuus. Kuorrutteen kiinteyttä oli vaikea arvioida. Leviäisikö se kuin kastike vai pysyisikö tiiviinä mattona, repeäisikö?

Ihoa kihelmöi.

Tunsin, miten tummat silmät seurasivat jokaista liikettäni. Kaappikello tikitti nopeasti kuin jonkin pikkueläimen sydän.

Riisuin villapaidan. Riisuin paidan, hameen, sukkahousut ja aluspaidan. Riisuin alushameen, liivit ja housut. Seisoin matolla ja tunsin viileän huoneilman joka kohdassa vartaloani.

Tunsin rouvan katseen, joka näki minut kokonaan, näki alusvaatteiden jättämät painaumat, siirtyi sitten minusta sohvalle, sohvapöydän kynttilöihin, takaisin minuun.

Kiersin pöydän ja seisoin sohvan edessä.

Rouva nyökkäsi.

— Sohva likaantuu, sanoin.

Se oli enemmänkin kysymys.

— Niin, rouva sanoi. — Se on elämää.

Hän nyökkäsi uudelleen ja hymyili rohkaisevasti.

Vedin keuhkoni täyteen ilmaa ja istuin.

Se oli erilaista kuin mikään ennen. Kinuskin viileä, tahmea kosketus, kermavaahdon liukkaus. Kakku painui kasaan ja menetti muotonsa, kerma ja hillo levisivät pitkin pakaroita ja reisiä, tulvahtivat esiin jalkojen välistä. Kinuski imeytyi vasten kaikkea minussa, vastaansanomattoman, törkeän, tungettelevan pehmeänä ja tahmeana. Kakkua oli kaikkialla. Korjasin asentoa, istuin uudelleen.

Nousin ja istuin viereisellekin kakulle, hieroin itseäni kinuskiin ja kermaan, nyhdin sokerikakkupohjaa käsiini ja työnsin sitä suuhuni.

Otin nyrkillisen kakkua ja paiskasin sen rouvan lautaselle. Hän nauroi raikuvasti ja poimi lusikan käteensä.

Piehtaroin kakkusotkussa, nousin istumaan ja heittäydyin kyljelleni kolmannelle kakulle. Kainalosta turskahti kermavaahtoa, kinuski voiteli kylkeni. Uin vatsallani, painoin kasvot kakkuun, hamusin makeaa suuhun. Lepäsin ohimo vasten kinuski- ja hillomuhennosta.

Rouva katsoi minua ja hymyili.

— Onko se hyvää? hän kysyi.

— On.

Nousin sohvalta, istuin nojatuoliin. Tummanruskean kakun kova kuorrutus rasahteli rikki painoni alla, oranssi hillo kimalsi nivusissa. Nostin pöydältä mansikkakakun ja kumosin sen rinnuksilleni. Kylmäkomeronviileä kiille nosti ihon kananlihalle. Marjat putoilivat, sopivan kostea kakkupohja mehusti ihon. Pusersin kakkua vasten rintaani ja tunsin jotakin — ehkä se oli onnea.

Olin hetkeksi unohtanut rouvan. Kun katsoin häntä, ymmärsin, että kaikkein eniten hän halusi nähdä minut onnellisena. Hänen silmänsä kiilsivät.

Nousin suklaavaltaistuimeltani keskelle lattiaa ja pyörin, pyörin, pyörin kristallikruunun alla. Levitin käteni ja sokaistuin valosta. Pyörin, kunnes minua huimasi. Kaaduin unelmatortuille, kierin yli kolisevien lautasten, keräsin ruskeita ja valkoisia merkkejä ihooni. Lepäsin.

Nousin ja kävelin hitaasti ikkunan luo, tartuin hilloisella kädelläni kullanvihreään samettiverhoon, tempaisin sen auki ja katsoin ulos talvi-iltaan. Tässä minä nyt olin, pitelin esirippua kuin Ida Aalberg ja tarkastelin valtakuntaani. Suklaata, kermaa ja kosteaa sokerikakkua lätsähteli lattialle. Marmeladi valui pitkin reisiä, mansikka putosi jostain jalkojeni juureen.

Vankilan valot loistivat pimeässä, vaikka itse rakennus liukeni jo tummaan iltaan. Siellä syötiin vettä ja leipää, täällä kermavaahtoa, kinuskia ja leivoksia. Oli alkanut sataa lunta. Valkoinen leijaili kaiken ylle kuin tomusokeri piparkakkutalon pihapiiriin.

Tämä oli enemmän kuin olin osannut kaupungilta odottaa. Enemmän kuin vanhempani olivat osanneet pelätä.

Tämä oli liikaa.

Tämä olin minä.

Jälkisanat

Emma Puikkonen

Vuosi 2020 ja vankila.

Huokaan, naputan vähän aikaa pöydän pintaa, yritän uudestaan aloittaa lausetta. Vaikeus on siinä, että ajatukseni eivät mene kitkatta yhteen vaan hankaavat toisiaan. Yritän selittää: näen kaksi vankilaa. Toinen on käsin kosketeltava ja kivestä rakennettu, toinen taas ilmassa ja mielessä lepattava käsite.

Ensinnäkin vankila on paikka. Hotelli, jonka huoneissa on ennen kärsitty vapausrangaistusta eli rangaistusta, jonka pääasiallinen sisältö on vapauden menettäminen. Kirjoittajan kannalta vankila on myös metafora. Metafora syntyy, kun vankila — muurein ympäröity paikka ja rangaistuslaitos — siirretään sanana tavallisesta merkityksestä ja liitetään johonkin uuteen:

Pelon vankila. Äitiys tai parisuhde vankilana. Korona-vankila.

Imuri ja me -ryhmä kirjoitti vuoden ajan tekstejä vankilasta. Samaan aikaan, kun luimme Katajanokan kuuluisista vangeista ja pakoretkistä ja kirjoitimme omia tarinoitamme, meidän ympärillemme asettui toisenlainen häkki: vapaaehtoisen eristäytymisen ja turvavälien synnyttämä hiljaisuus.

Kaikki alkoi näin: maaliskuun alussa vuonna 2020 kokoonnuimme Hotel Katajanokan aulassa. Saavuimme rakennukseen kynät teroitettuina, raitiovaunusta tapaamiseen kiirehtien tai omalla autolla määränpäätä kohti navigoiden. Hotellin avulias Sami Joutsenvuo vei meidät kierrokselle hotellihuoneisiin, käytäviin ja niiden historiaan. Hän sanoi:

— On myös niitä tarinoita, joita emme kerro.

Muistelen, että tässä kohtaa olisimme olleet hetken hiljaa, mutta en ole varma. Tarinat, joita emme kerro, tarinat, joissa on liikaa verta, raiskauksia tai ulosteita, jotta ne olisivat viihdyttäviä. Ymmärsimme toki: kaikkea rakennuksessa tapahtunutta ei voi käyttää keveinä opastustarinoina. Vanhassa sellissä nukkuakseen on pystyttävä säilyttämään tietty etäisyys.

Me kurkistelimme huoneisiin, sivelimme rappauksen pintaa, kurotuimme katsomaan mitä ikkunasta näkyy. Koetimme kuvitella millaista on, kun maisema on päivästä toiseen sama kaistale sineä. Kappelissa katselimme vastapäisen talon ikkunoita: tässä penkillä istuessa saattoi joka sunnuntai aistia vapauden ikkunoiden läpi, saattoi aavistaa ihmiset jotka sieltä käsin vilkaisivat jumalanpalvelusta ja sen jälkeen laittoivat takin päälleen, laskeutuivat portaat kadulle, hengittivät raitista ilmaa ja lähtivät juuri siihen suuntaan kuin itse halusivat.

Kierroksen jälkeen istuuduimme Sakko-nimisen kokoustilan pöydän ympärille pohtimaan kuulemaamme ja kokemaamme. Keräsimme paperille sanoja, joita vierailu toi mieleen, esimerkiksi:

YKSINÄISYYS
IKKUNA
PALJU
MUURI
SYYLLISYYS
VAPAUS
TAIVAS
LEIPÄ
KONTROLLI
VARTIJA
ERI AJAT
HOTELLIVIERAS
YÖ SELLISSÄ

KAUPUNKI VANKILAN YMPÄRILLÄ

Keskustelimme teemoista ja siitä, millaisia tarinan alkuja ne kenessäkin virittivät. Sitten kirjoitimme: Kirsi meni eristysselliin ja kirjoitti siellä, muutama istui kokoushuoneessa, osa ravintolan puolella.

Kun kirjoitussession jälkeen suuntasimme kotia kohti, muistan puhuneeni Johannan kanssa siitä, mikä maaliskuussa mietitytti koko ajan: Suomessa oli löydetty ensimmäiset koronavirustapaukset ja altistuneita oli asetettu karanteeniin. Seurataan tilannetta, totesimme, kohautimme olkapäitämme ja vilkutimme rautatieaseman laidalla.

Kahden viikon kuluttua Suomeen julistettiin poikkeustila. Kirjoittajaryhmä Imuri ja me tapasi kasvokkain seuraavan kerran vasta syksyllä.

Ensimmäiset tekstit kirjoitettiin keväällä. Ryhmä tapasi videopuheluissa, keskusteli, luki ja hioi. Olimme suunnitelleet pieniä esityksiä tai kuunneltavia nauhoja Helsinki-päivään, mutta yleisötapahtumat peruttiin koronan vuoksi. Jatkoimme projektia ja tähtäsimme antologian julkaisuun keväällä 2021. Matkan varrella ryhmäläiset kommentoivat, että vankila osoittautui yllättävän vaikeaksi teemaksi. Nopeasti mieleen juolahtavat aiheet — rikokset, vankeusaika, aseet, huumeet

— koettiin helposti stereotyyppisiksi lähtökohdiksi. Ryhmäläiset kamppailivat löytääkseen oman kulman, josta käsin vankilaa — rakennusta ja metaforaa — lähestyä. Tekstit käsittelevät vankeutta hyvin eri näkökulmista, mutta ehkä pitää mainita, että vaikka korona oli kirjoittamisajan olosuhde, ei se hiipinyt novellien maailmoihin sisällöksi.

Syksyllä 2020 alkoi viimeistely. Sovimme, että jokaisessa tekstissä on oltava muutamia punaisia lankoja yhdistämässä kokonaisuutta: päätimme, että lähtökohtana on nimenomaan Nokka, ei mikä tahansa vankila. Tavalla tai toisella jokaisessa novellissa kuvailtaisiin sisältä tai ulkoa juuri sitä punatiilistä vankilarakennusta, joka on rakennettu vuosina 1837 (vanhin osa) ja 1888 (pääosa) Helsingin Katajanokalle. (Hyvä on, joustimme hieman: yhdessä tekstissä kyseessä on näyttämölle lavastettu vankilahotelli.) Sovimme, että tekstien tapahtumahetki voi olla milloin vain — vankilamenneisyydessä tai sitten kuvitellussa tai liioitellussa hotellinykyisyydessä, mutta joka tapauksessa rakennus olisi sama. Halusimme, että tila on läsnä, että se kuroisi hyvinkin erilaisia ja erilaisiin maailmoihin sijoittuvia tekstejä yhteen.

Toiseksi yhteiseksi tekijäksi sovimme, että sanojen lomaan tulee olla piilotettuna aina yksi ja sama esine. Tämä väline saattaa tekstistä toiseen muuttaa ulkoista muotoaan, se voi olla uudenaikainen tai vanhanaikainen, digitaalinen tai metallinen, ruskea tai hopeanhohtoinen. Sen merkitys on silti sama: meille se symboloi vankeuden päättymistä, vapautta.

Kun kirjoitan tätä, sataa lunta. Kerrostalomme vieressä on mäki, jota lapset laskevat pulkalla ja kiljuvat riemusta. Huuto erottuu vaimeina kaikuina tähän pöydän ääreen. On tammikuu, ja noin yksitoista kuukautta siitä, kun Imuri ja me -ryhmä vieraili Katajanokalla. Vuosi on vaihtunut, odotamme uutta. Koronakalterien murtumisesta on toivoa, ensimmäiset rokotteet on annettu.

Antologia on lähes valmis. Ryhmän jäsenet oikolukevat tekstit, Alpo Tiilikka taittaa ne ja graafikko Mirkka Hietanen suunnittelee kannen.

Aloitan lauseen vielä kerran, pyyhin sen pois. Sitä on kirjoittaminen; sanojen kokeilemista ja hylkäämistä, yhteyksien etsimistä ja yllättävien lahjojen saamista, kun merkitykset yhtäkkiä alkavatkin soida yhteen. Kirjoitan siis, pyyhin, mietin mitä näiden vankiloiden, tiilimuurien ja metaforien jälkeen.

Koronan jälkeen minä haaveilen juhlista. Antologian julkaisujuhlista, kesäjuhlista, ihan-ilman-syytä-juhlista.

Antologian suhteen on toki myös toiveita. Löytäköön se paikkansa, esimerkiksi näin: On olemassa entinen vankila, jossa nykyään toimii hotelli. Ehkä on myös henkilö, joka istahtaa aulan nojatuoliin, ottaa sattumalta tämän kirjan käteensä ja löytää itsensä tarinoiden maailmasta. Sanat pääsevät vapaiksi — on olemassa lukija.

Helsinki 19.1.2021

Emma Puikkonen

Me kirjoitimme tämän

Imuri ja me -kirjoittajaryhmä on saanut alkunsa Ahlmanin luovan kirjoittamisen jatkokurssilla. Tällä hetkellä kirjoittajat tapaavat kirjastoissa sekä etäyhteyksin vetäjänään kirjailija Emma Puikkonen. Ryhmän jäsenet ottavat työskentelyn kirjoittamisen parissa tosissaan: tapaamisissa annetaan huolellista palautetta ja käydään innostavia keskusteluja. Salakuuntelija voisi havaita huumoria, lahjakkuutta ja mielikuvituksen leiskuntaa.

Ajatus ensimmäisen yhteisen novellikokoelman tekemisestä syntyi syksyllä 2018. *Yksinäinen imuri ja muita henkilöitä* -antologian julkaisutilaisuutta vietettiin Töölön kirjastossa toukokuussa 2019. Teos sijoittui nimeltä mainitsemattomaan kerrostaloon Helsingin Stenbäckinkadulla. *Töölöläinen*-lehti teki julkaisutilaisuudesta jutun, ja kävi niin, että kyseisessä talossa huomattiin juttu ja tunnistettiin talo. Taloyhtiö tilasi 80-vuotisjuhlansa kunniaksi jokaiseen huoneistoon oman kappaleen kirjasta, ja olipa ryhmä edustettuna myös taloyhtiön pihajuhlissa. Antologiaa on edelleen tilattavissa Books on Demand -verkkokaupasta.

Keväällä 2020 kehittyi ajatus uudesta kirjasta. Yhteisesti päätettyyn tilaan suunnitellut tekstit olivat toimineet hyvin, joten uudeksi paikaksi ja yhteistyökumppaniksi valikoitui Hotel Katajanokka, joka on ennen toiminut vankilana. Antologian työstäminen aloitettiin vierailemalla hotellissa. Muutama viikko projektin käynnistymisen jälkeen korona sulki Suomen.

Rikoksia, rangaistuksia ja bebe-leivoksia -antologia syntyi siis yllättävissä olosuhteissa. Ryhmä vaihtoi viruksen vuoksi tapaamiset lennossa verkkoon. Kevään pyörteisimpinä viikkoina tuntui, että korona työntyy ajatuksissa niin voimakkaasti etualalle, että vankilan tilat ja henkilöt jäävät alakynteen. Syksyllä tilanne muuttui: keväällä istutetut idut alkoivat kasvaa, ja tekstejä hiottiin moneen otteeseen.

Sanna Hirvonen

Olen helsinkiläinen kirjoittaja, kieli-intoilija ja kuntoilija. Korona-aika on keskittänyt kirjoittamiseni kotisohvalle ja ruokapöydän ääreen, mutta toivottavasti taas pian pääsen hakemaan fiilistä ja aiheita kahviloista, kirjastoista ja liikennevälineistä.

Tähän antologiaan kirjoitin kaksi novellia, *Keppi* ja *Rouva*. Paneuduin parhaani mukaan vankila-aiheeseen — vierailin Katajanokalla ja luin entisen lääninvankilan vaiheista, kertasin Michel Foucault'n ajatuksia vankiloista, kävin vankilamuseossa, kävin Kakolassa. Ponnisteluista huolimatta vankila paikkana ei tahtonut sytyttää. Päädyin kirjoittamaan vapaudesta. Novelleissani vankila on peili tai vertauskuva. Sitä katsotaan enimmäkseen ulkoapäin, vastapäisen talon ikkunoista.

Keppi on satu valinnanvapaudesta. Valinnan mahdollisuutta markkinoidaan vapautena, mutta entä jos se onkin taakka? Kuinka vapautua valinnoista kerta kaikkiaan? Tätä pohtii novellini päähenkilö Muksu. *Rouva*-novellissa polku omaan itseen ja omanlaiseen vapauteen on silattu kermalla, kinuskilla ja kiiltävällä suklaalla. Etukäteen ei voi tietää, mikä itselle sopii, mutta kun vietti vie, on seurattava rohkeasti. Silloin ei haittaa, vaikka vähän roiskuu.

Tuitu Mikkonen

Kirjoitan vapaahetkinä keittiönpöydän ääressä, tai missä nyt tilaa sattuu olemaan. Tai sitten suunnittelen kirjoittavani. Työmaabussissa, koiralenkillä, kauppareissulla, siellä missä aiheetkin ovat. Elämässä. Tein tähän antologiaan kaksi tekstiä. *Nokka*-novellin ensimmäinen versio syntyi pian Hotel Katajanokan tutustumiskäynnin jälkeen. Istuin kierroksen päätyttyä vankilahotellin alakerran kuppilassa miettimässä, mitä olin nähnyt ja miten se taipuisi tekstiksi. Ristiriita vankilalaitoksen ja ylellisen hotellin välillä kutitti. Tiiltä oli joka paikassa, muurissa, huoneiden paksuissa seinissä ja hotellin kellariravintolassa. Miltä tiiliskivet tuntuvat käden alla, ovatko lämpimiä, kuten väri antaa ymmärtää? Kokeilin sormenpäillä ravintolan seinän rosoja. Tein kiemuroita. Pöydällä oli peltinen muki, samaa mallia, josta vangit joivat aikanaan. Veden pari on leipä. Jostain sieltä konkretiasta, tiilen tunnusta sormenpäissä ja käden liikkeestä tuli Vellu ja tarina alkoi keriytyä auki.

Toiseen tekstiin etsin ideaa Nokan muurin ulkopuolelta. Kuljeskelin lähikatuja, nostin katseen kohti kattoja ja tiirailin ikkunoita. Kurkistelin porttikonkeihin. Osassa niistä on takorautaiset kalteriovet. Kuvittelin rämähtävää ääntä, joka syntyy kun sellainen sulkeutuu. Sillä tavalla alkoi hahmottua erään Vyökatu 4:n asukkaan pako omasta elämästään.

Leena Partanen

Kirjoitan novelleja, lyhytproosaa ja blogia osoitteessa rantaviivalla.webnode.fi. Tarinat kypsyvät merenrannan lenkkipoluilla, vesijuoksussa ja laulaessa. Teksteiksi ne muotoutuvat kotona punaisessa nojatuolissa ja joskus kahviloiden nurkkapöydissä.

Ok-mies-novellia kirjoittaessani fiktiivisen Ok-miehen, Masan elämään oli rakennettava alamäki, joka johti Nokan vankilaan. Suurin haaste oli kuvitella Masa selliin, miettiä, miltä siellä näytti ja miltä päähenkilöstä tuntui. Taustatietoina olivat vierailut vankilahotellissa ja -museossa sekä Nokkaan liittyvä kirjallisuus. Toisena haasteena oli huumekaupan kuvaaminen. Materiaalia löytyi netistä.

Rasia-novellia suunnitellessani mietin ihmisten elämää erilaisissa vankiloissa kuten hankalissa ihmissuhteissa tai oman mielen vankilassa. Tarina lähti liikkeelle rakkaustarinasta. Novellin tapahtumat johtavat konkreettisesti vankilaan, mutta toisaalla myös yksinäisyyteen, jota saattoi hallita rasioimalla tavaroita ja samalla omaa elämäänsä. Mielen ja elämän sulkeminen läheisiltä tapahtuu tässä novellissa kahden sukupolven kohdalla. Rasioita avaamalla menneisyyden palaset alkavat loksahdella paikoilleen. Sellin ovea raotetaan.

Emma Puikkonen

Olen kirjailija ja luovan kirjoittamisen opettaja. Tällä hetkellä työskentelen *Musta peili* -romaanin parissa, ja kirjoituspaikka on useimmiten näin koronan aikaan ruokapöytä. Omassa kirjoittamisessani merkittävä tukipuu on lukeminen: sekä tulevan kirjan aihealueen taustatyö että rytmin ja rakenteen etsiminen toisia kirjoja nautiskelemalla. Toimin Imuri ja me -ryhmän vetäjänä; osallistun keskusteluihin, asetan aikatauluja ja opetan, mutta ennen kaikkea ihastelen ryhmän jäsenten määrätietoista työskentelyä omien ja toistensa tekstien parissa.

Kirsi Rajapuro

Olen hämeenlinnalainen paluumuuttaja ja kääntäjä. Kirjoitan blogia kulttuurikorppikotka.blogspot.com.

Hain ulkomailla asuessani oppia etäkursseilta ja Orivedeltä. Olen Vana-66 ryhmän uusjäsen. Kirjoitan enimmäkseen novelleja, myrskyisinä kausina runoja ja rauhallisina utopiaromaania. Työstän näitä omassa huoneessani, jossa on suljettava ovi.

Innostuin kovasti toisesta "tilaan" liittyvästä antologiasta, mutta vankila osoittautui minulle niin karmivaksi paikaksi, että tekstiä oli vaikea luoda. Tein taustatyötä Nokkaan liittyvien tarinoiden parissa. Niitä riittää, onhan vankila ollut olemassa jo Nikolai I:n ajoilta ja se on ollut monen vallanvaihdon alaisena. Eristysselli paikan päällä koettuna Hotel Katajanokassa oli se elämys, joka lopulta sai tarinan aikaan.

Olimme kirjoittajaryhmän kanssa juuri selvinneet visiitistä, kun Suomeen tuli koronan aiheuttama sulku ja koko maailma keinahti ympäri. Kirjoittamiseni tyssäsi kuin seinään; kaikki tuntui turhalta pandemian jyllätessä. Vasta myöhään syksyllä, kun kokosimme etäryhmässä novelleja, sain aikaan toisen osan eristyssellitarinaan ja kykenin taas editoimaan tekstejä. Ryhmän apu tekstien hiomisessa ja sanomisen selkiyttämisessä on ollut korvaamaton.

Alpo Tiilikka

Hotellivierailusta jäivät voimakkaimmin mieleen sisääntuloaula, Sing Sing -tyyppinen portaikko ja karu rangaistusselli. Päätin sijoittaa tekstini tapahtumat niihin. Olen kirjoittanut vuosien mittaan paljon kevyttä proosaa ja fantasiaa. Syksyllä tein pienen kokeilun näytelmätekstin maailmaan kirjoittamalla lyhyen mukaelman *Kauppamatkustajan kuolemasta*. Näytelmämuoto tuntui istuvan myös hotelliympäristöön.

Valitsin tyylilajiksi farssin ja apinoitavaksi *Tuntemattoman potilaan*, takavuosien menestysnäytelmän. Tekstini ensimmäinen versio syntyi näytelmäksi. Muistikuvani *Tuntemattomasta potilaasta* oli kovin hämärä. Niinpä etsin käsiini sen ja luin. Kokemus ja johtopäätös oli vaikuttava. Kaikki näytelmätekstit eivät toimi luettuina, olivatpa ne lavalla kuinka hyviä tahansa. Joku *Vanja-eno* on mainio tekstinäkin, mutta erityisesti minun näytelmäni ei. Päätin tehdä uuden kerroksen näytelmän päälle. Usean yrityksen ja uudelleen yrityksen kautta tulin rakenteeseen, jossa kirjailija kommentoi sekalaisen näyttelijäporukan ensi-iltaa.

Kirjoittajaryhmän apu on ollut merkittävä. Tekstissä on ollut ymmärtämättömiä kohtia, ristiriitoja ja päällekkäisyyksiä. Jotkut osuudet ovat olleet kovin pitkäpiimäisiä. Pikkuvirheitä ja pilkkuvirheitä on riittänyt. Lukijan tehtäväksi jää arvioida, mikä on lopputulos kirjoittamisen, uudelleen kirjoittamisen ja korjausten jälkeen.

150